AF430691

¿Y SI TE TOCO YO?

ÍNDICE

¿Cómo comenzar a contar mi historia? Todo empezó en el colegio. No es fácil sobrevivir cuando eres pelirroja y tienes la cara llena de pecas, y todos te llaman «Berta la pecosa cara de osa». Te pasas escuchando la misma cantinela durante tu infancia y cuando vas al instituto o a la universidad la cosa cambia un poco.

No mejora cuando te encuentras con el típico tío que se enrolla contigo y, en el meollo del asunto, te dice: «solo me he liado contigo para saber si tienes los pelos del chichi pelirrojos». Venga ya. ¿En serio? ¡Pensé que te gustaba yo, mi cuerpo, mi cara!

Está claro que nadie se enamora de Berta, la chica desastrosa y gafe, nadie se enamora de ella aunque haya heredado el cerebro de su padre y el físico de su madre. Solo les interesa saber si soy pelirroja natural o si tengo pecas en el trasero.

No soy nada popular, al contrario que mis padres: mi madre es presentadora de un *reality* en una famosa cadena de televisión y mi padre es un prestigioso científico. De ahí que al final, con mi buen don para las matemáticas y la buena influencia recibida en casa, decidiera optar por sacarme la carrera de Química. Dada mi penosa popularidad y mis desastres continuos, tras finalizar mi carrera he decidido poner rumbo a Madrid para intentar comerme el mundo. Buen intento, Berta, pero se va a quedar en eso. No he tardado ni tres meses en darme cuenta de que todos mis intentos por conseguir un trabajo de lo mío se ven abocados al fracaso, así que tengo que conformarme con trabajos que no se adaptan a mis expectativas.

Comparto piso con varias chicas que, aunque no son mala gente, no me entienden para nada así que ahora solo como donuts, una nueva adicción. Si mi madre la descubre estoy segura de que me mataría.

Esa es mi nueva vida: donuts, entrevistas de trabajo, soledad y asco. Solo espero que pronto me toque la lotería, porque esto va de mal en peor…

Capítulo 1

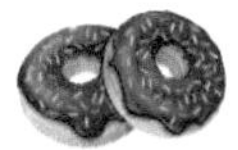

Apago el despertador por cuarta vez. ¡Vale hoy tengo otra entrevista! Pero aunque quiero ser positiva, no dejo de pensar que no me cogerán. Además, ¿quién quiere trabajar como teleoperadora? La gente te cuelga cuando les intentas vender algo y para colmo el sueldo es mínimo y comisionado por ventas.

—¡Berta! ¡Levántate de una vez! —me recrimina Carla, una de mis compañeras de piso—. ¡Llegarás tarde!

—Voy bien de tiempo… —le contesto, mientras me desperezo sin mucha prisa.

—¡Ja! Son las ocho y media, tienes la entrevista a las nueve. ¿Vas bien de tiempo?

—Síííí, tranquila.

Al final me levanto y ni siquiera me ducho, me visto con cualquier cosa y me pongo en camino. Tiene razón, no llego ni de chiste, la entrevista está a la otra punta de la ciudad, pero da igual. No quiero ese trabajo. Solo estoy haciendo el paripé porque les debo ya dos meses de alquiler y tengo que admitir, que yo en su situación me habría echado a la calle a patadas, son unas santas. Pero, ¿qué culpa tengo yo de que no me duren los trabajos? Primero fue el de recepcionista en un hotel. Me duró quince días. Me echaron en cuanto mandé a tomar por donde amargan los pepinos, por decirlo de una manera más finolis, a unos huéspedes que tenían mucha prisa pero que resultaron ser VIP. Después fue el de camarera. La bandeja se me cayó encima de unos clientes derramando toda la comida encima.

A eso tengo que sumarle que me dieron otra oportunidad y destrocé media vajilla. Duré una semana. Después he trabajado de repartidora, de dependienta y de niñera. Ninguno me duró más de un mes. El último fue en una cafetería con bollería, donuts en su mayoría.

Hace una semana que me despidieron. Me empaché porque me comí diez donuts seguidos, todos de chocolate. Acabé vomitándole al jefe. Deprimente, está claro.

El problema es que, para colmo de males, el contrapunto a lo que suele pasar cuando te empachas con alguna comida es que sueles odiarla después, pero yo no, yo me he vuelto adicta a los donuts. ¿Se puede ser más estúpida?

A las nueve y media llego al lugar de mi entrevista y la persona que me va a entrevistar me mira de manera despectiva. Supongo que por llegar tarde, o por mis pintas, o por las dos cosas.

—Siento el retraso —digo con fingida inocencia—. Perdí el metro.

Vuelve a echarme un vistazo y me hace pasar. Revisa mi currículo y después me pregunta:

—¿Cree estar capacitada para el puesto?

—No estoy segura… Aunque necesito el dinero —le respondo con sinceridad.

—Señorita Rodríguez, no me haga perder el tiempo. Tengo cincuenta entrevistas que hacer hoy, si no quiere el trabajo, ¿por qué viene? —interviene malhumorado.

—Si le soy sincera, no lo sé. Mis compañeras de piso llevan dos meses fiándome el dinero del alquiler y aunque este trabajo no es lo que ansío para mi futuro…

—¡Ya! Nadie quiere ser teleoperador toda su vida, lo entiendo. Ni yo quiero entrevistar a gente todos los días —comenta el entrevistador con sarcasmo—, lo que quiero es que me toque la lotería.

—¡Anda, y a mí! ¿A qué juega? —le interrogo y me mira ceñudo.

—Centrémonos. ¿Cree que puede trabajar, o no?

—Sinceramente, no es lo mío.

—Perfecto. Entonces no perdamos el tiempo. Gracias por su claridad.

Salgo de allí y me dirijo a mi antiguo trabajo, en cuanto mi jefe me ve, su cara se enciende como un tomate.

—¡Fuera de aquí!

—Perdone, vengo como cliente, ¿acaso no puedo? —suelto indignada—. Quiero…, necesito donuts.

Mi ex jefe resopla e indica a una chica nueva, diría que mi sustituta, que me atienda, pido un capuchino y un donut de chocolate para llevar. Luego me acerco al quiosco de la esquina a por el periódico, además de jugar a la Primitiva, al cupón de la Once y al Eurojackpot, también he cogido un *rasca* de la Once. Bueno, me he gastado diez euros. Mi tarifa normal en juegos del azar. Sí, quizás si guardara todo ese dinero podría pagar a mis amigas una parte del alquiler, pero es que la suerte está a punto de llamar a mi puerta, estoy segura. ¡Lo presiento!

Me siento en un banco y antes de mirar el periódico en busca de alguna oferta de empleo que me guste, rasco mi boleto y, como todos los días, nada. Cero patatero. No ha habido suerte. Hoy miraré el resto de juegos a ver si esta vez suena la flauta.

«Sí, la del gaitero, no te jode», me digo a mí misma, aunque no me hago caso. Al final el que la sigue la consigue, ¿no?

Miro el reloj y creo que es la hora de irse a casa. Mis compañeras me dejan estar en casa, por ahora no pueda pagar, sin embargo, a cambio de que vaya a entrevistas, encuentre un empleo pronto y les haga la comida. Ya son las once y media, tengo que coger dos buses y comprar el pan. He ojeado un poco el periódico pero, como siempre, no hay ninguna oferta interesante para mí.

Termino mi donut y, como el café me gusta más bien frío, lo llevo en la mano para que termine de estar a mi gusto.

Voy un poco despistada ojeando las redes sociales en mi móvil cuando un armario empotrado se choca contra mí.

—¡Mierda! Podría usted mirar por donde va, ¿no? —me suelta y cuando me fijo en el caballero que me ha recriminado con tanta osadía frunzo el ceño—. Alan, tengo que colgar, una estúpida ha estampado su café en mi carísima camisa de Armani. Te llamo luego —espeta sin más, fijando duramente de nuevo su mirada en mí.

¿Estúpida? ¿En serio? ¿Y él, qué? Voy a contenerme porque en cierto modo tiene razón, iba despistada, pero estoy segura que él tampoco iba mirando al frente. No soy tan pequeña e insignificante como para que no me vea, ¿o sí?

Vuelvo a mirarlo, tengo que admitir que es un tío bastante fornido y que quizás, solo quizás, no me haya visto. Aun así, podría tener mejores modales, por muy camisa de Armani que lleve el chulo este.

—¡Ayúdeme al menos! —dice, y cuando dejo de mirarle a él, veo que hay un montón de papeles por el suelo.

—¿Me llama estúpida y quiere que le ayude? ¿De verdad? —le replico indignadísima.

—Señorita, o me ayuda o le hago pagar la camisa, usted decide.

¡Joder! Lo que me faltaba. No rechisto, aunque me gustaría decirle cuatro cositas bien dichas. ¡Esto es abuso de poder! Aunque por la pinta, seguro que es abogado y me toca ir a los tribunales, y ya tengo bastante con deber a mis compañeras de piso como para seguir aumentando mi morosidad. Con la suerte que tengo…

Me arrodillo como puedo con la minifalda que llevo y recojo los papeles, y cuando me percato de la documentación que estoy recogiendo mis ojos se salen de las órbitas. ¡Son fórmulas químicas! ¡Santo cielo! ¿Será de los míos?

—¡Apremie! No tengo todo el tiempo del mundo.

—Ya va, ya va…

Recojo varios papeles y como este tío me está puteando de lo lindo decido esconderme uno de los folios en el doblez del periódico.

—¡Tenga! —le digo entregándole los folios. Y cuando está a una distancia prudencial, le grito—: ¡Estúpida tu puta madre!

Igual me he pasado, pero odio a los pijos prepotentes que se creen más que nadie por tener un buen trabajo.

Me voy a casa y mientras hago la comida echo un vistazo a la hoja que le he robado al pijo estirado. ¡Santo cielo! Esto es como volver a la universidad. En cuanto termino la comida, voy a mi habitación, cojo un cuaderno y me centro en descifrar las fórmulas, no me lleva más de una hora.

—¡Que te den, capullo! —digo triunfal al terminar—. ¿Ahora quién es la estúpida?

Me gustaría decírselo a la cara, sin embargo, me conformaré con la satisfacción de saber que cuando llegue a su despacho no tendrá las fórmulas, mientras yo las tengo aquí y en poco más de una hora las he descifrado.

Sonrío y cuando llegan mis compañeras, comemos juntas, les cuento lo desastroso de mi entrevista, maquillando la realidad, pero no les hablo del pijo estirado. De momento esta es una victoria que quiero saborear en secreto.

Mi día no podía transcurrir peor. He tenido una reunión con el cliente que va a financiar mi próximo proyecto. Me dejó muy claro que no pondrá un solo euro hasta que no vea resultado y la cosa no funciona, el equipo va bastante rezagado con el desarrollo de las fórmulas. Para colmo, tengo a mi padre llamándome cada cinco minutos, no le he cogido el teléfono porque aún no sé qué contestarle. Me ha puesto a cargo de este proyecto y necesito que confíe en mí, por eso aún no sé como explicarle que si no tenemos avances no hay financiación. Voy por la calle, sumido en mis preocupaciones y hablando con Alan para que organice una reunión con el personal de inmediato cuando choco con una mujer y me derrama el café en la camisa, haciéndome perder un valiosísimo tiempo, sino poniéndome de muy mal humor, y por desgracia, cuando llego al despacho, allí está mi padre.

—¿Qué demonios te ha pasado? Estás hecho un asco...

—Choqué con una mujer y me derramó el café encima —respondo contrariado.

Debería haber supuesto que aparecería en mi despacho después de mi falta de respuesta.

—Haz el favor de cambiarte ahora mismo, estás hecho un asco… —me recrimina.

—Eso iba a hacer… —espeto malhumorado.

Se piensa que aún sigo siendo un niño. ¡Sé cuidar de mí mismo, joder!

Llamo a mi secretaria y no tarda ni diez minutos en facilitarme una camisa, no me cuestiono de dónde la ha sacado, pero se lo agradezco con un suave gesto de mi cara.

—¿Qué ha ocurrido en la reunión con el cliente? —me pregunta, nada más terminar de vestirme.

—No habrá financiación hasta que no tengamos algo más que darle, me ha dicho que solo con una parte de la fórmula no es suficiente.

—¿En serio? No vales para este proyecto. ¡Lo sabía! No debería haber hecho caso a tu madre…

—Conseguiré el dinero. Desarrollaremos la fórmula, solo necesitamos un poco más de tiempo.

—¡Tienes diez días! Ni uno más. Si no, estás fuera del proyecto, tú y esos inútiles que tienes como empleados.

Sale del despacho dando un sonoro portazo y suelto un improperio. Me gustaría golpear algo pero voy a evitar hacerlo porque no es la forma de arreglar mis problemas. Saco la carpeta y extiendo todas las hojas sobre la mesa. Y es entonces cuando mi corazón se paraliza. ¡No puede ser! ¡Falta una!

Vuelvo a repasarlo y sí, no hay duda, me falta una hoja. ¿Es posible que me la haya dejado donde el cliente?

Estoy totalmente seguro de que fui muy cuidadoso. Hago memoria y me percato de que ha tenido que ser en la calle. ¡Sí! En la calle, cuando he chocado con la pelirroja.

¡Joder! No es posible. Me he fijado en sus piernas, en como hacía verdaderos esfuerzos con su diminuta falda para no enseñar nada y me la he olvidado en el suelo. ¡Oh... no!, no me la he podido olvidar. Ha sido... ¡Ha sido ella! Me la ha jugado. ¡Maldita sea!

Estoy seguro de que todo ha sido una trampa para robarme el proyecto. ¡Quizá es una espía de mis competidores! Sí, tiene que ser eso. Furioso, cojo el teléfono y llamo a un antiguo compañero y amigo mío que ahora trabaja para ellos.

—Bueno, bueno, bueno… Si es mi querido amigo Rubén Torres, ¿en qué puedo ayudarte? —contesta de forma irónica Eduardo.

—Dime cuánto quieres por la hoja de fórmulas —comento de manera directa.

—¡¿Qué hoja?! No sé de qué me estás hablando.

—Vamos…, los dos sabemos que la pelirroja que chocó hace unas horas conmigo es una de tus chicas. Sexy, mal vestida… Totalmente tu estilo.

—Querido amigo, no sé de quién me hablas, pero si estaba buena puedes mandármela cuando la encuentres. Me gustan las pelirrojas…

—¡Joder, Eduardo! Déjate de jueguitos y dime qué es lo que quieres por la hoja, al menos hazlo por la amistad que nos unió.

—¡Te juro que no sé de lo que hablas!

Arrugo el entrecejo, porque empiezo a dudar de sus palabras… Si no está pidiendo nada a cambio, seguramente es cierto que no la tiene.

—Está bien, voy a creerte esta vez.

—Lo dicho, mándame a la pelirroja, estoy seguro que lo pasará mejor conmigo que contigo.

—Que sí, buenos días.

Le cuelgo, malhumorado. Si no ha sido él, no tengo ni idea de quién es esa maldita mujer y por qué me ha robado el folio. Tengo que encontrarla o mi padre me echará del proyecto. Así que llamo a Alan para que de inmediato contrate a ese detective amigo suyo. Le doy la descripción y el lugar. Luego reúno a los chicos para darles las malas noticias y decirles que tenemos diez días para dar con la fórmula completa.

El día ha sido agotador y yo me he pasado por la plaza donde choqué con la dichosa pelirroja para ver si doy con ella, pero no he tenido suerte. Al atardecer me voy al hotel e intento descifrar qué era lo que ponía en la maldita hoja, aunque no consigo dar con ello. La presión, el maldito estrés y el recuerdo de esas piernas unidas a su osadía no me dejan concentrarme, así que decido irme a la cama, no sin antes llamar a mi madre.

—Hijo, buenas noches...

—Hola, mamá...

—¿Estás bien? —me pregunta algo aturdida.

—Hoy no ha sido un buen día.

—Lo sé, tu padre ha venido hecho una furia. Yo confío en ti, sé que lo lograrás...

—No estés tan segura... —le confieso derrotado.

—Cariño, nunca he estado tan segura de algo como de esto. Desde pequeño eras muy competitivo con todo el mundo: tus compañeros de clase, tu hermana pequeña… Siempre has querido ser el mejor en todo. Sé que no defraudarás a tu padre, te cueste lo que te cueste.

Esas palabras me alientan a seguir adelante. Y no solo por la empresa familiar, sino porque mi madre confía en mí. Es la única que lo hace y no pienso defraudarla, es a ella a la única a quien no quiero decepcionar.

—Gracias, mamá. Te quiero. Buenas noches.

—Yo también te quiero, hijo. Que descanses, buenas noches.

Cuelgo el teléfono y me acuesto. Mañana, me cueste lo que me cueste, voy a encontrar a esa pelirroja.

. . .

Pues no, no han sido ni uno ni dos los días que he tardado en encontrar a esa maldita mujer, sino nueve. Estoy en la puerta de su piso en Carabanchel y voy decidido a sacarla de los pelos con tal de que me dé la maldita página. Llevo ocho días sin dormir y juro por Dios y por todos los santos que conozco que si no me la entrega, aquí va a suceder un asesinato.

Son las cinco de la tarde. Sé que no tiene trabajo en la actualidad, el detective que Alan contrató nos facilitó bastante información al respecto, por lo que tiene que estar en casa a estas horas.

Alan se ofreció a venir en mi lugar, incluso me indicó que le daría dinero si fuera necesario, aunque decliné su ofrecimiento, esto tenía que arreglarlo yo. Me robó ese dichoso folio y va a dármelo, como que me llamo Rubén Torres.

Pulso el timbre una vez y espero pacientemente, no obtengo resultado. Vuelvo a pulsar una segunda vez y nada. Insisto de nuevo más fuertemente, como si mi mal humor se viera reflejado en el dichoso timbre, y cuando estoy a punto de marcharme aparece la causante de todos mis males envuelta en una diminuta toalla que apenas tapa su cuerpo. Y es entonces cuando me quedo allí plantado mirándola sin decir absolutamente nada.

Capítulo 3

Las chicas me han dado un ultimátum: este mes es el último que puedo estar con ellas sin pagar y solo tengo dos opciones, o llamar a mis padres y contarles la verdad o encontrar un trabajo que me permita pagarles lo que les debo. Y como el tema de mi suerte con el azar lo veo cada vez más lejano porque desde que llevo jugando creo que solo me ha tocado un euro, dudo mucho que lo de encontrar un trabajo sea una apuesta segura para cubrir los mil euros que debo y me permita sobrevivir durante algunos meses más. Así que si quiero permanecer en Madrid tendré que llamar a mis padres y admitir que esta aventura tiene sus días contados y que mi madre tenía razón. ¡Soy una fracasada!

Me meto en la ducha, pensado en cómo afrontar el tema y llamar a mi padre. Mi madre siempre ha sido harina de otro costal, necesito armarme de valor. Estoy más tiempo del que debería bajo el chorro hasta que escucho el timbre, aunque no le doy importancia, estoy segura que será un vendedor de seguros. Vuelve a insistir y yo sigo sin hacer caso hasta que suena con más insistencia una tercera vez y eso ya me toca las narices.

Me envuelvo en una toalla y salgo dispuesta a asesinar al vendedor por irrumpir mi momento de relax. Necesitaba ponerme un poco zen antes de realizar esa llamada familiar y ya me han fastidiado.

—¿Qué pasa? —exclamo, abriendo del tirón con toda mi mala leche.

Y cuál es mi sorpresa cuando me encuentro nada más y nada menos que al pijo estirado. Se queda ahí plantado como si fuera un helecho en pleno bosque.

Realmente al principio me hace gracia, aunque al final, visto que no parece reaccionar, le suelto:

—¿Necesitas que me dé una vuelta, o ya has visto suficiente?

Carraspea un momento y parece que por fin reacciona.

—Tiene algo que es mío —expone con soberbia.

—¡Buenas tardes a ti también! ¿No? ¿O es que la amabilidad la has dejado olvidada en el portal? ¡Ay perdona! ¡Qué estúpida soy! —exclamo, recalcando la palabra «estúpida»—. Si es que venir a los suburbios habrá tenido que ser toda una aventura y seguramente pienses que aquí los modales son escasos, pero la gente de Carabanchel tenemos educación, aunque no lo crea.

—¡Mire señorita! No tengo tiempo que perder, ya he malgastado nueve días buscándola, así que haga el puñetero favor de devolverme la hoja que me robó si no quiere que llame a la policía.

—¿Qué hoja? No sé de qué demonios me habla… —pregunto haciéndome la sorprendida.

—No estoy para jueguitos así que o me devuelve la hoja con las fórmulas o tiene a la policía aquí en menos de una hora, usted decide.

Por la seguridad que pone en sus palabras, creo que dice la verdad, y lo que menos necesito es eso. Más líos no, que tengo que llamar a mi padre y esto ya puede ser el remate, así que suspiro profundamente y muy a mi pesar decido entregársela.

—¡Espere aquí! —le ordeno intentando cerrar la puerta.

Él pone el pie para que no lo haga y echo la cadena de seguridad. Lo que no voy a hacer es dejar que se meta en mi piso. Creo que desconfía de que no le vuelva a abrir la puerta. De inmediato y así como estoy cojo la hoja y se la entrego.

—¿Pero qué has hecho? —me pregunta cuando se la entrego.

—¿Como que qué he hecho? Resolver las fórmulas.

Me mira furioso y cuando quita el pie de la puerta le cierro rápidamente sin esperar ninguna explicación más. Ya estoy harta de este tío. Ya tiene lo que quería, que se vaya a la mierda, a su mundo fantástico o donde le dé la gana. Tengo otras cosas en las que pensar que en este pijo estirado.

Me meto en el cuarto y me visto despacio, demorando el tiempo para llamar a mi padre. Sé que lo hago porque tengo miedo de dar la cara, la verdad es que no me apetece escuchar la voz de mi madre por detrás diciendo: «te lo dije, esta niña no sabe hacer nada sola».

Pero tengo que confiar en que todo irá bien. Después de vestirme, me paso un rato preparando un discurso. Lo escribo en una libreta y lo leo diez veces para aprendérmelo y que no parezca que lo estoy leyendo. Así he perdido una hora. Creo que en el fondo lo único que estoy haciendo es procrastinar.

«Desde luego, eres una gallina», me digo a mí misma.

Sí, en el fondo lo soy. Una cosa es un discurso en una libreta y otra es enfrentarte a la realidad. ¡Tengo que hacerlo! ¡Ya! ¡Allá voy! Cojo el teléfono, busco en la agenda el número de mi padre y cuando voy a pulsar la tecla de llamada… otra vez, el timbre.

—Pero, ¿quién demonios llama ahora? —pregunto en voz alta.

Me acerco a la puerta y abro sin mirar. Un hombre, trajeado y con buen porte, me sonríe. De inmediato pienso: «vendedor de seguros, ahora sí. Pues mal momento». Aunque no sé si para él o para mí. Porque ni él va a vender un seguro ni yo tengo tiempo para atenderle.

—Buenas tardes, señorita. Soy Alan, vengo en nombre de la compañía Atkins Chemistry —. El nombre no me suena a agencia de seguros, aún así hay tantos nombres raros que no se puede uno fiar.

—No estoy interesada en nada, lo lamento. No le hago perder el tiempo. El mío es muy valioso —digo dándome un poco de importancia.

—Verá, creo que no lo entiende, hace una hora ha estado con mi jefe, Rubén Torres.

—¿El pijo estirado? —cuestiono confusa.

—Sí, el mismo —responde con una gran sonrisa de sorpresa—. El caso es que nos ha dejado bastante impresionados. Nos gustaría que viniera a nuestras instalaciones, mi jefe tiene una propuesta que hacerle.

Se me descuelga la mandíbula del asombro, aún así, la cierro de inmediato para no parecer tonta.

—¿En serio? ¿Esto no es una cámara oculta?

—Se lo prometo.

Durante unos segundos lo pienso fríamente y al final decido que no tengo nada que perder. ¿Y si esta es mi lotería?

—Dame unos segundos que coja mis cosas.

Regreso al apartamento, me calzo, cojo el móvil y el bolso. Les dejo una nota a las chicas indicándoles que me he ido a una entrevista. No sé si saldrá o no saldrá, sin embargo, al menos por el momento me he librado de llamar a mis padres y puede que sea una señal.

El coche que nos lleva hasta la empresa, por los nervios he olvidado ya el nombre, es un Mercedes. Todo un lujo para mí a estas alturas de mi vida. Toqueteo todo lo que está a mano y Alan me mira expectante. Soy como una niña con un juguete nuevo.

Tardamos media hora en llegar a San Sebastián de los Reyes, la empresa está ubicada en el polígono sur. Nos adentramos hasta una nave y Alan me acompaña hasta la parte de arriba donde están las oficinas.

Llama a la puerta y me hace pasar, después me deja a solas con el pijo estirado. Su cara sigue siendo la misma, agria como una pasa. Aunque yo no me amilano. No sé si realmente tiene una propuesta o me ha traído aquí para matarme, yo por si acaso me he traído mi spray antivioladores por si la cosa se pone fea. Además, estamos solos así que será cuerpo contra cuerpo… aunque está fornido y yo soy bastante pequeña; no obstante, voy a luchar hasta el final, y si muero en mi epitafio pondrá: «Berta Rodríguez, murió a manos de un pijo estirado luchando como la guerrera infatigable que siempre ha sido».

«¿No crees que has exagerado un poco?», me pregunto a mí misma.

Bueno, quizás sí, pero oye, soñar no cuesta dinero y tampoco sé qué pretende este tío.

—¡Señorita!, ¿me escucha? —me pregunta de pronto.

Madre mía. Este hombre lleva aquí un rato hablándome y yo no me he enterado de nada.

—Sí, sí, perdón, estaba un poco distraída.

—¡Ya lo veo, ya! Le decía que tengo una propuesta que hacerle.

—Eso ya me lo ha dicho su secuaz —replico con seriedad.

—¿Secuaz? ¿Dé qué me habla? —inquiere arqueando sus cejas, sorprendido.

—Sí, el hombre que ha venido a verme.

—¿Alan? —pregunta confuso.

—Sí, ese mismo.

—Alan no es mi secuaz, es mi…

—Secuaz, compinche, secretario, lo que sea, qué más da. Es la persona a quien envía a hacer las cosas que no quiere hacer por usted mismo.

Veo que se pasa las manos por el pelo, exasperado. Vaya un dramático. Más desesperada estoy yo, que debo mil euros. Seguro que él no le debe nada a nadie, tiene pinta de tener la cuenta corriente bien llena.

—¡No me haga perder el tiempo! —me suelta.

—Pues dígame ya qué quiere y no se ande por las ramas, así no perdemos ninguno de los dos el tiempo —le increpo.

—Necesito que trabaje para mí.

Él me mira. Yo lo miro. Vaya, parece que la pelota está en mi tejado.

—¿Y de cuánto estamos hablando? —inquiero con lentitud.

—El trabajo inicial es por tres meses. Lo que dure el proyecto en el que estamos embarcados. El salario sería de treinta mil euros anuales.

—¿Treinta mil? —La cifra me deja sin palabras—. ¿Me está tomando el pelo?

«¡Mierda! He pronunciado la pregunta en alto, seré estúpida», me recrimino.

—Vale, estoy dispuesto a subir a cuarenta mil, no más.

¿En serio? Vale eso no lo he dicho en alto, ¿verdad? Miro y espero un momento, pero no. Ahora no he metido la pata.

«¡Toma ya! Soy una crack», me digo a mí misma.

«Bueno, pero no cantes victoria aún». Ahora quien habla es mi Pepito Grillo interior, que soy yo misma también, claro.

Y quizás tenga razón. Seguro que tiene truco. Aunque no tengo nada mejor, así que…

—Acepto —contesto sin más.

—Perfecto, ahora le diré las condiciones.

—¿Condiciones?

«¿Ves, bonita? Te lo dije, no iba a ser tan fácil».

Capítulo 4

Esta mujer saca lo peor de mí, sin duda. Me ha dado con la puerta en las narices y para colmo dice que ha resuelto la fórmula. ¡Ja! No lo creo, lo único que habrá hecho será emborronar mi hoja. Le diría cuatro cosas, aunque tengo que admitir que he perdido tanto tiempo buscándola que no voy a malgastar el poco que me queda discutiendo con esta estúpida. Porque, vale, está buena, no voy a negarlo. Me he quedado mirándola como un baboso lamentable, pero también se debe a que llevo un tiempo absorto en este proyecto y muy poco en mi vida sentimental…, pero eso cambiará en cuanto todo esto termine.

Me monto en el coche que me espera y voy directamente a la oficina, y ¿cuál es mi sorpresa cuando me siento en mi mesa estudiando la hoja que me ha entregado? La muy estúpida, o quizás no, ha resuelto la fórmula correctamente.

—¡Joder! ¡Tenía razón! —exclamo en voz alta.

—¿Quién tenía razón? —pregunta Alan, que acaba de llegar y está dejando el abrigo.

—La estúpida que me robó la hoja de las fórmulas.

Me mira sin entender nada y le explico lo sucedido.

—Quizás deberías contratarla. Por lo que el detective averiguó, tiene un doctorado en Química. Es más, su padre es el mismísimo Manuel Rodríguez Guzmán. El director de la multinacional Petrobiri en Sevilla.

—¿Y por qué demonios no me lo dijiste?

—Pensé que, después de lo sucedido solo querías recuperar la dichosa hoja. Era en lo único que pensabas.

Le lanzo una mirada que ahora mismo podría derretir los polos, aunque intento recuperar de inmediato la compostura. Si no fuera porque él es mi mano derecha iría directo a engrosar las listas del paro.

—Vete a buscarla ahora mismo y tráemela. La quiero aquí en menos de una hora, ¿me has entendido?

Asiente y se marcha sin chistar. Vuelvo a mirar la hoja de fórmulas justo cuando recibo la llamada de mi padre. La atiendo con amabilidad y le miento; ahora mismo lo que menos necesito es una de sus charlas. Mientras espero, pienso en la dichosa mujer.

«¡No va a ser tan estúpida como yo creía!», me digo una vez más, y resoplo, golpeando suavemente mi estilográfica contra la mesa una y otra vez sin dejar de mirar el maldito reloj.

Parece que pasa una eternidad hasta que Alan regresa acompañado de la chica. Cuando la veo aún no termino de creerme que alguien como ella haya conseguido realmente resolver la formulación.

Esta nerviosa y ausente, y cuando le pregunto cómo ha sido capaz de desarrollar la fórmula no responde, perdida en sus pensamientos, por lo que al final desisto. Está como en otro mundo y para ser sincero, me enerva.

«¡Empezamos mal!».

Para colmo de todos mis males, no sé como lo hace en la negociación de su salario, consigue sacarme diez mil euros más al año, cosa que me ha tocado un poco los huevos, tengo que admitirlo. Y cuando llega el turno de exponerle las condiciones de su contrato, parece que toda su chulería y arrogancia se han esfumado.

—¿Qué condiciones? —pregunta asombrada.

—¿Qué se creía, que iba a desarrollar una simple fórmula y yo le iba a soltar casi tres mil quinientos euros al mes? Señorita, ¿es que vive en los mundos de Yupi?

Me mira enojada. Ahora soy yo el que reboso superioridad. La verdad es que no sé quién es ese Yupi, pero eso es lo de menos, tengo que poner a esta mujer en su sitio, con Yupi o sin él.

—No, claro. A ver, pues dígame qué es lo que tengo que hacer... —responde sin más.

—Se trasladará al hotel anexo a esta nave. El personal del proyecto no puede mantener contacto con nadie ajeno al mismo hasta que finalice su desarrollo. Tendrá que hacer una declaración de confidencialidad y se le supervisarán todas las llamadas personales.

—¿Qué? ¿Está loco? —exclama incrédula—. ¿Qué es esto, una cárcel?

—No por supuesto que no. Pero estamos hablando de un proyecto muy importante, una patente exclusiva que nadie puede copiar. Está en juego mucho dinero, si cae en malas manos...

—¿Le recuerdo que ha sido usted el primero que ha despistado un folio con fórmulas? —me plantea dañina.

La miro con ganas de estrangularla. Si no fuera porque realmente creo que nos será de mucha ayuda y porque ya ha visto la fórmula, por lo que sería un peligro dejarla ir y que cayera en manos de la competencia, juro que ahora mismo la echaría con mis propias manos de mi despacho.

—¿Y quién tuvo la culpa? Si no hubiera ido usted en Babia por la calle...

—¿Solo yo? —arremete.

—No voy a entrar en ningún debacle con usted, señorita Rodríguez.

Ella resopla y se cruza de brazos antes de cambiar de tema.

—¿Y durante cuanto tiempo tenemos que estar encerrados?

—Tres meses.

—¿Tres meses? Eso es mucho tiempo...

Suelto un suspiro exasperado, esta mujer está colmando mi paciencia. Cuento mentalmente hasta diez y le digo:

—¿Acepta o no acepta el trabajo? Esas son las condiciones.

Me mira un poco contrariada y contesta:

—Sí, acepto.

—Bien, pues no se hable más. Ahora irá a su casa a por ropa deportiva, ropa interior y ropa para dormir. Algunos enseres personales y cosas para su aseo personal. No necesita nada más.

—Ah, ¿no? —inquiere confusa.

—No, dentro de nuestras instalaciones se le facilitará un uniforme. Necesitará ropa deportiva porque tenemos una rutina de entrenamiento diario. Si no tiene más preguntas, Alan le acompañará a su apartamento. La quiero de vuelta en una hora.

—¿Una hora? Pero...

—Una hora, señorita Rodríguez —Intento terminar de una vez con esta conversación, me está haciendo perder el tiempo y colmando mi paciencia.

—Solo una cosa más... —interviene—. Necesitaría un adelanto.

—¿Un adelanto? —Le miro ceñudo—. ¿Para qué?

—Mis compañeras iban a echarme del apartamento. Les debo mil euros, pero si voy a permanecer aquí tres meses más, tendré que pagarles también esos meses.

¡No puede estar pasándome esto a mí! ¿Es que no me puedo topar con alguien normal en la vida?

«No puedes quererlo todo: guapa, inteligente y con dinero, es mucho pedir».

—Está bien, ¿de cuánto estamos hablando entonces? —le pregunto ceñudo.

—Con dos mil euros en efectivo cubriré los gastos.

Cierro los ojos un instante y entonces exasperado le contesto:

—Dese la vuelta, por favor…

Hace lo que le indico y saco de la caja fuerte que tengo escondida en uno de los armarios del despacho la cantidad que me pide.

—Tenga, se lo descontaré de su primer sueldo.

—Gracias, señor… —responde, esta vez con amabilidad.

Creo que es la primera vez que se comporta con cortesía, incluso juraría que la he visto sonreír. Coge los billetes y los mira con ojos brillantes. Vaya, parece que el dinero amansa a la fiera que lleva dentro.

—Una hora. Alan le acompañará.

—No es necesario que molestes al secuaz —expone con guasa.

—Insisto.

Sale del despacho y aviso a mi mano derecha para que la lleve hasta su apartamento, lo siento pero no me fio un pelo de esta mujer, lo mismo me la juega y no le vuelvo a ver el pelo. Con gente peor he tratado en mi vida y al final ella me ha demostrado que de estúpida tiene poco.

Capítulo 5

Una parte de mí ha estado tentada a darle la patada, coger los dos mil euros y que le den. Sin embargo, teniendo a su esbirro por aquí, es complicado. Aunque una chica como yo podría darle esquinazo, tengo mucha perspicacia. De todos modos, estoy segura que acabarían dando conmigo. Si me han encontrado la primera vez, podrían hacerlo una segunda.

Tengo que admitir que el trabajo en sí me llama la atención, lo que no me apasiona es pasarme tres meses encerrada con vete tú a saber qué gente y sobre todo ese pijo estirado que no soporto. Tiene unos aires de grandeza que no le entran en ese cuerpo de armario empotrado. El salario es interesante, es un punto a su favor, pero lo del ejercicio…, ¡joder! ¡Si yo no hago ejercicio desde que estaba en el instituto!

—Alan, ¿puedo hacerte una pregunta? —interpelo entablando conversación.

—Claro, lo que quiera señorita.

—Berta —aclaro y él sonríe—. ¿A qué se refería el pijo estirado con lo de la rutina de entrenamiento diario?

Alan suelta una risa.

—Será mejor que a partir de ahora llames a nuestro jefe por su nombre. Como imagino, no se ha presentado, te lo diré yo: se llama Rubén Torres. Puedes llamarle «señor Torres» o, si no te sientes cómoda, solo «señor». Pero «pijo estirado» no creo que sea muy adecuado, aunque el mote no le queda mal del todo.

—Debería probar a quitarse el palo que tiene metido por el culo —suelto con desparpajo, y Alan estalla en una carcajada. El chofer nos mira por el retrovisor sin entender muy bien la conversación.

—No es un mal hombre —interviene cuando se calma—. A su favor diré que está sometido a una gran presión. Es su primer proyecto como jefe. Su padre es bastante estricto y espera mucho de él. Y la rutina es que todos los días hacemos una hora de ejercicio.

«¡Madre mía! ¡Esto va a ser mi ruina!», pienso, mas no digo nada porque ya he aceptado el trabajo.

—Vamos que lo que quieres decir es que su padre es el que le ha metido el palo por el culo y no se lo va a quitar hasta que termine con éxito con esta historia, ¿no?

Ambos estallamos en carcajadas. Alan me mira e intenta no reír, pero los dos no paramos hasta que llegamos a mi apartamento. Alan me espera en la puerta y cuando entro está Carla sentada en el sofá.

—Vaya, la desaparecida…, ¿qué tal la entrevista?

—Muy bien. Me han cogido. Ten, os doy el dinero que os debo y el pago de tres meses. Voy a estar fuera ese tiempo. Aún así, quiero mantener el apartamento y que no le deis mi habitación a cualquier petarda que se os presente.

Carla me mira, perpleja, y al abrir el sobre casi le da un pasmo.

—¡Berta! ¿De dónde narices has sacado tanto dinero? —me pregunta asustada.

—Ya te he dicho que me han cogido, me han dado un adelanto.

—¿En serio? ¿Te acaban de contratar y te dan dos mil euros? Vamos, no me tomes el pelo… ¿Dónde vas a trabajar? ¿De dónde has sacado tanto dinero? —suelta atropelladamente.

—No puedo hablar de ello, Carla, confía en mí, es como si me hubiera tocado la lotería —digo emocionada al pensar en el pastón que voy a cobrar—. Tengo que hacer la maleta, me están esperando.

Me mira recelosa, sé que es algo increíble. La verdad es que, si lo pienso… ¿y si pretenden raptarme y llevarme a un prostíbulo de China para venderme a un loco que solo me quiera por mi cuerpo? No, no, mejor no pienso mucho, que me entran las dudas. Recojo las cosas y me dirijo a la cocina, donde agarro un cuchillo por si las moscas.

—Me voy, Carla, estaremos en contacto. No hagáis nada con mis cosas, ¿eh? Que he pagado mi parte.

—Claro, cielo. Hablamos —responde, con una sonrisa maligna.

No me fío ni un pelo, iré mandándola mensajes de vez en cuando. Creo que sí se puede…

—Y la habitación…

—Tranquila, no se la daremos a nadie. ¡Cerrada como una tumba!

Asiento y me despido de ella con un abrazo.

Al salir, Alan me está esperando y me sonríe, yo le agarro y le pongo el cuchillo en el cuello.

—¡¿Qué haces?! —exclama, indefenso. No se esperaba esto y no ha sido capaz de reaccionar—. ¿Es que te has vuelto loca?

—¿Cómo sé que no vas a venderme a un chino como mercancía? —le pregunto nerviosa.

—¿Qué? ¿De qué demonios…?

—Contesta, secuaz.

—¡Si hubiéramos querido hacerlo, no te hubiéramos dado el dinero ni te hubiéramos vuelto a acompañar a casa de nuevo! Lo hubiéramos hecho la primera vez. Suelta el cuchillo, por favor.

Visto así, tiene razón. Tengo que dejar de ver tantas series policíacas. Me encojo de hombros y le suelto.

—Lo siento…, Alan. Es que mi amiga me hizo dudar.

—Tranquila —me dice, aunque me mira como si estuviera loca. Con razón, supongo—. Me imagino que no se esperaba que le dieras tanto dinero después de tanto tiempo debiéndoselo. Vayámonos.

Recoge mi bolsa y la mete en el coche.

—Te explicaré un poco más en qué consiste nuestra rutina —expone con la voz algo nerviosa todavía—: Por las mañanas hacemos una hora de entrenamiento a las ocho de la mañana. En el hotel hay un gimnasio. Después de la ducha, desayunamos y nos vamos a trabajar a las diez. La comida es a las dos y a las cuatro se vuelve al trabajo. Hay un tiempo de relax entre la comida y la vuelta al trabajo en el cual podemos regresar a las habitaciones a hacer lo que nos apetezca.

—Entiendo que no se puede salir a la calle.

—No, el hotel tiene un amplio jardín si te apetece salir, pero nada de salir a la calle. La jornada laboral termina a las ocho. La cena se sirve a las nueve. Cada trabajador puede irse a dormir a la hora que quiera, pero cada habitación tiene programada una alarma que suena automáticamente para despertarnos a las siete y media y estar listos a las ocho en el gimnasio.

—¡Que perfección, madre mía!

—La verdad es que Rubén es muy estricto con los horarios y la puntualidad. Odia a la gente impuntual.

«Pues ha ido a dar con la horma de su zapato», pienso. Porque soy la persona más impuntual que hay en la faz de la tierra. Aunque decido no decir ni mu, porque ya lo va a comprobar.

—También le pasa con la comida, ya lo verás mañana. En el desayuno, comida y cena, todo es tipo buffet, no encontrarás nada con valores altamente calóricos. Todo es muy sano.

—¿En serio? Yo desayuno o almuerzo un donut de chocolate y un capuchino todos los días, si no, no soy persona.

—Pues vete olvidando eso, porque en esta empresa no vas a encontrar ni cafeína ni donuts por ninguna parte —dice riendo.

—¡Ah, no! Pues eso tengo que hablarlo con él. Necesito mi dosis de chocolate y mi capuchino, de lo contrario me pongo de una mala hostia que no me aguanto ni yo…

Alan arquea sus hombros en el momento en el que llegamos al hotel y me enseña mi habitación. Tengo que admitir que es más amplia y acogedora de la que actualmente ocupo en el apartamento con mis compañeras. Incluso la cama es mucho más grande. Dejo las cosas y busco el acceso a la empresa. Me lleva cinco minutos.

«¡Mierda! Podía estar mejor indicada», me digo a mí misma.

Cuando por fin localizo el despacho del pijo estirado, llamo a la puerta pero no me contesta. Intento abrir y no está. ¡Maldigo mi mala suerte!

—¡Hola! Si busca al señor Torres, se encuentra en el laboratorio —me comenta una voz muy dulce y femenina.

—Gracias —respondo y me quedo allí como una tonta sin preguntar dónde demonios está ese laboratorio.

Me cuesta otros quince minutos localizar el puñetero laboratorio y cuando por fin doy con él, el endemoniado hombre en lugar de darme la bienvenida o presentarme al personal, solo me replica:

—¡Ya era hora! Llega con treinta minutos de retraso.

«¿En serio? Podría darme un puto plano de la empresa, para empezar, ¿no? ¿O acaso también soy adivina y sé donde están las cosas y dónde se encuentra usted?».

Me dan ganas de decírselo, aunque delante de todo el mundo no me parece lo más apropiado. Con ganas me he quedado…

—Señor Martín, ella es la señorita Rodríguez, haga el favor de ponerla al día, no tenemos tiempo que perder.

Durante el resto de la tarde me pongo a trabajar con ese hombre que al menos es bastante más amable que el pijo estirado, eso sí, no pierde detalle de cada cosa que hago. Parece que está observando al milímetro todos mis movimientos.

Capítulo 6

Me he pasado la tarde observando a la pelirroja, viendo cómo Berta (nota mental intentar llamarla Berta) se ponía al día con mi mejor trabajador. Tengo que admitir que no lo ha hecho del todo mal, para ser sincero conmigo mismo lo ha hecho mejor de lo que esperaba. Cuando termina el turno, la llamo a mi despacho para que me firme todo el papeleo que el abogado ha preparado en tiempo récord.

Ella entra y revisa todos los documentos, incluso el acuerdo de confidencialidad, y cuando ha terminado de estampar su firma en todos y cada uno de los mismos, me suelta:

—La próxima vez que quiera ridiculizarme en mi primer día de trabajo, al menos debería facilitarme un plano del lugar de donde voy a desempeñar mi labor. Así tendrá motivos fundados para echarme en cara mi tardanza, ¿no cree?

Cierro los puños, evitando contestarla. En el fondo tiene toda la razón. Aunque no soy yo el causante de su desdicha, sino Alan, que debería haberle enseñado la empresa. Yo soy el jefe, no estoy para esos menesteres.

—Le diré a Alan que le muestre las instalaciones —contesto sin más—. Puede irse.

Aviso de nuevo a mi amigo y mano derecha para que así lo haga mientras aprovecho nuestra hora libre para ir al gimnasio, necesito desfogar toda mi rabia antes de cenar. Me parece que solo han pasado unos minutos cuando la alarma de mi reloj suena. Son las nueve menos cuarto. Tengo el tiempo justo para subir a ducharme y bajar a cenar. Si algo odio es la impuntualidad. Me hubiera gustado estar media hora más en la cinta corriendo, mas no puedo permitírmelo, soy el jefe, tengo que dar ejemplo.

En tiempo récord me doy una ducha y a las nueve menos cinco estoy en el amplio comedor antes que la mayoría de mis trabajadores. Alan hoy me abandona, sentándose al lado de la maldita mujer. Una parte de mí se siente traicionado, aunque entiendo que lo ha hecho para que no esté sola.

Me acomodo en mi mesa habitual y al cabo de un rato, Mara se me acerca. Ella siempre ha intentado echarme el guante; no obstante, yo siempre acabo poniéndole la excusa de que no se permiten relaciones en el trabajo. Y eso me recuerda que esa regla no se la he explicado a la nueva. Tendré que hacerlo en cuanto acabemos de cenar, para que no haya malos entendidos.

—Que solo estás hoy, Rubén —señala tuteándome. Es algo que me enerva. No dejo que nadie lo haga, solo Alan y porque es un amigo de la familia.

—Señorita Sanz, no le tolero esas confianzas —le digo sin más.

—Vamos, Rubén, tú y yo sabemos que en el fondo te estás haciendo el duro —continúa y me acaricia la mano.

Si no fuera porque es buena en su trabajo ahora mismo estaría de patitas en la calle.

—Señorita Sanz, haga el favor de ponerse en otra mesa. No la expedientaré esta vez, pero a la próxima no me temblará el pulso.

Me mira furiosa, odio a esa mujer. No sé si la ha puesto mi padre en mi camino o el capullo de Eduardo. No dudaría de ninguno de los dos, sospecho que hay algo detrás de este repentino interés por mí. O eso o yo soy un paranoico. Da igual. Por el momento no voy a hacer nada.

Termino rápidamente mi ensalada y me retiro del comedor. Suelo esperar a que el resto de comensales hayan finalizado y salir el último, aunque hoy estoy totalmente turbado con la actitud de Mara, y si unimos a la ecuación la nueva chica pelirroja, el cóctel molotov es una bomba nuclear. Vamos, que estos tres meses van a ser los peores de mi vida. Solo espero tener el ensayo concluido mañana para que el cliente dé el visto bueno a la financiación y así podamos comenzar con el desarrollo del proyecto. Y que Dios nos coja confesados.

Antes de acostarme, me paso por la habitación de la pelirroja, llamo un par de veces y cuando me abre doy gracias a que esta vez no lo haga solo con una toalla.

—Buenas noches, ¿pasa algo? ¿O es que también pasa a darnos un besito de buenas noches a cada uno? —apunta mirándome con desdén.

Intento guardarme las ganas de mandarla a la mierda que ahora mismo tengo y sonrío cínicamente como si lo que ha dicho me hubiera hecho hasta gracia.

—Buenas noches, señorita Rodríguez. No, tranquila, no suelo venir a desearles buen descanso ni a arroparles por las noches, no se preocupe. Solo quería comentarle, una última condición que se me ha pasado por alto esta tarde. Están terminantemente prohibidas las relaciones sentimentales entre los miembros de este equipo.

Ella me mira contrariada.

—¿Lo ha entendido?

—Sí, si se refiere a que no puedo echar un polvo con nadie de la empresa, sí, lo he entendido.

—Yo no lo hubiera expresado así, sin embargo parece que le ha quedado claro—indico algo incómodo.

—Tranquilo, no hay nadie aquí con quien me apetezca acostarme, gracias. Si ya ha terminado, puede irse.

Cierra la puerta de nuevo, casi dándome con ella en las narices y juro que me encantaría pegar un puñetazo a la misma. ¡No sé que voy a hacer con esta mujer!

—Un personaje, esa Berta. Es de armas tomar, ¿eh?

Alan está en el extremo del pasillo, apoyado en el marco de la puerta con media sonrisa. Yo suspiro con agotamiento.

—No me hables…, si no fuera porque parece buena en su trabajo, por las circunstancias, con todo lo de la hoja que ella vio, y porque su padre es quien es, no me hubiera decantado por contratarla. Es una insolente.

—¿Crees que eso nos ayudará dado el momento? —interviene dudoso Alan.

—Eso espero, voy a pagarle un dineral…

Alan me mira receloso y al final cambia de tema.

—Será mejor que nos acostemos, mañana nos espera un día duro.

Tiene razón, mañana es un día decisivo. Es el último que nos dio mi padre para entregarle el ensayo y espero con todas mis fuerzas que salga bien.

—Que descanses, amigo mío.

—Lo mismo te deseo.

Me cuesta mucho conciliar el sueño pensando en este proyecto. No quiero fallar a mi madre, no quiero fallar al personal, pero sobre todo no quiero fallarme a mí mismo.

Sin darme cuenta, mis pensamientos se deslizan poco a poco hacia Berta. Ella tiene algo especial. Cuando vi el folio relleno esta tarde con las fórmulas, supe sin duda que tenía que contratarla y por mucho que me moleste admitirlo, sin esa mujer este proyecto no saldrá adelante.

Capítulo 7

Un horrible y estridente sonido osa perturbar mi sueño. Me despierto sobresaltada y de muy mal humor, y cuando miro mi reloj son las siete y media. ¿En serio? ¡Pero si a estas horas ninguna persona en su sano juicio puede despertarse!

Me tapo la cabeza con la almohada hasta que termina ese infame ruido y luego me doy media vuelta, cierro los ojos y me vuelvo a dormir. Todo es perfecto, hasta que la realidad me cae como un jarro de agua fría. O, para ser más exacta, un jarro de agua fría me cae encima y me devuelve a la realidad. Abro a los ojos y el causante no es otro que el pijo estirado.

—¡¿Tú estás loco o qué?! —chillo fuera de mí.

—Son las ocho y cuarto. Te he dado quince minutos de cortesía por ser el primer día. No voy a tolerar una falta de impuntualidad en mi empresa. ¿Lo has oído? Ahora tienes cinco minutos para cambiarte y bajar al gimnasio.

Suelto un bufido lleno de ira, le miro y me levanto totalmente empapada. Menos mal que la calefacción está puesta, si no hubiera muerto por congelación o algo parecido.

Él sale de la habitación murmurando algo, no me molesto en intentar averiguar lo que dice. Me pongo unas mallas y una camiseta, me calzo las deportivas a toda velocidad, creo que es la primera vez que me visto tan rápido: cuatro minutos y medio exactamente.

Resoplo de nuevo pensando en el pijo estirado. Hoy voy a hacerle caso, pero es una excepción. No pienso levantarme tan pronto ni mañana ni el resto de días. ¡Paso!

¿Quién se ha creído que es?

«El jefe», me respondo de inmediato para acallar mi pregunta absurda.

Vale, sí, es el jefe; aún así no puede meterse en mi habitación sin llamar. Eso es allanamiento de intimidad, ¿no? Lo pienso y la verdad es que no sé si eso existe siquiera, pero da igual, ¡no creo que tenga derecho a colarse en mi habitación de esa forma!

Al fin, resoplando y con cara de sueño, llego al gimnasio. Alan me recibe con una sonrisa.

—Buenos días, Berta. ¿Preparada para el entrenamiento?

—Hola, Alan. Para serte sincera, no. Llevo sin practicar deporte desde el instituto.

Me mira asombrado y me agarra del brazo.

—No te preocupes, yo seré tu entrenador personal. Empezaremos por algo suave. —le miro con terror y creo que nota mi preocupación porque de inmediato me dice—: Confía en mí…

Me conduce hacia la cinta de correr y la toquetea con rapidez varias veces.

—Te voy a poner un programa de andar a paso normal, será como dar un paseo a plena luz del día, pero en la cinta. Por el momento, hoy serán veinte minutos y cuando acabes harás unos ejercicios de estiramiento para que mañana no tengas agujetas. No tenemos más tiempo así que con eso podemos conformarnos para el día de hoy.

—¿Veinte minutos? —le pregunto asombrada.

—Verás como lo aguantas de maravilla. Piensa que estás en pleno centro de Madrid viendo el paisaje, mujer…

Me subo a la máquina, me indica que le dé al botón de inicio cuando esté lista y lo hago de inmediato, no hay tiempo que perder. Quiero demostrarme a mí misma que puedo con esto. Comienzo con paso firme y decidido. Realmente tiene toda la razón, no parece mal ritmo y me siento cómoda, al menos mientras llevo un par de minutos de ejercicio. El problema viene cuando, transcurridos unos cinco minutos más, el pijo estirado se pone en la máquina de al lado, evidentemente a correr.

Pongo cara de asco. ¿No tenía otra cinta en toda la sala?

Miro a mi alrededor y mi respuesta se contesta sola, hay seis máquinas y están todas llenas.

«¡Vale! ¿Y no había otros aparatos por ocupar?».

Ahora mismo estoy totalmente frustrada, yo voy andando como si fuera una anciana de noventa años y él corre como si fuera a ganar la maratón. Así que me envalentono y reviso la máquina, me he fijado en cómo la ha programado Alan y yo comienzo a tocar todos los botones, subiendo un poco la velocidad. Al poco rato me doy cuenta de que no he debido hacerlo bien, pues esto va a un ritmo que mis piernas no consiguen seguir y poco a poco aumenta. Trato de reprogramar la máquina y le atizo a otro botón con cierto enfado. De pronto, la cinta se acelera y rápidamente salgo disparada hacia atrás, cayendo de culo a una distancia de al menos un metro.

—¡Mierda! —me quejo frotándome el trasero.

Alan viene corriendo pero es el pijo estirado el que, soltando un improperio, se acerca primero.

—¡Joder! ¿Estás loca? Podrías haberte matado.

El resto de la gente se me queda mirando y de inmediato abandonan sus ejercicios para venir a ver qué ha ocurrido.

—¡Estoy bien! —aseguro levantándome con mis posaderas doloridas aunque el orgullo es el más humillado.

La gente se ha arremolinado a mi lado y el pijo estirado alza la voz:

—¡Aquí no hay nada que ver! Volved a vuestros ejercicios.

Él de inmediato me agarra la mano y tira de mí. He intentado evitarlo sin embargo me ha levantado como una pluma. Nuestros cuerpos quedan bastante cerca y yo le miro con cara de enfado, él parece aún más irritado que yo.

—Las máquinas no son un juguete. Te rogaría que la próxima vez no la manipules si no sabes hacerlo… —suelta enervado, y se aleja murmurando vete a saber qué, con evidente mal humor.

Alan, después de todo lo ocurrido, se acerca más a mí para saber cómo estoy.

—¿Qué ha pasado? —me pregunta, con un tono de voz más apaciguador.

—Nada, el ejercicio no es para mí. ¿Podríamos hacer ya esos estiramientos? —le planteo nerviosa y sintiendo que se me están durmiendo las posaderas.

Creo que no voy a poder sentarme en un mes.

—¿Te duele algo?

—No, estoy perfectamente —le miento.

¿Cómo le voy a decir que me duele el culo? Es humillante.

—Entonces vamos a estirar esos músculos, seguro que están totalmente agarrotados —añade con una sonrisa.

Me enseña a estirar las piernas, los brazos y también la espalda. Después de diez minutos que a mi parecer son eternos damos por concluida la sesión de hoy. Me duele todo el cuerpo, Alan tenía razón: todo en mí está agarrotado y después del golpe, mucho más.

Me dirijo a mi habitación, sorprendentemente la cama está seca y hecha. Me doy una ducha y me relajo un poco tumbándome en la cama. Miro alrededor y me percato de que tengo ropa de trabajo preparada en una silla, además parece de mi talla.

¡Joder, esto es peor que una cárcel! Solo faltaba que fuera naranja, como la de las películas, pero no, es blanca. Me la pongo con pereza y a las nueve menos cinco me voy al restaurante, que es el lugar de buffet libre. Lo primero que busco es un donut y un capuchino y no encuentro ni lo uno ni lo otro, tal y como Alan me había advertido ayer.

La cafetera, que es automática, solo dispensa café descafeinado y de bollería industrial no hay ni rastro, solo hay fruta, pan integral que puedes tostar y cereales también integrales. Incluso la leche es desnatada. ¿Qué clase de broma es esta? Observo a mi alrededor y todos están desayunando tranquilamente esos productos que parecen sacados de la peor dieta del mundo. Cuando fijo mi mirada hastiada en la máquina de zumo veo al pijo estirado con fruta de la mano y esperando para tomarse un zumo de naranja natural recién exprimido. ¿En serio su desayuno es eso? ¿No toma ni un triste café, aunque sea descafeinado? Normal, así tiene esa cara de agrio todo el día.

Me lo pienso un momento y al final me acerco a él muy dispuesta. Voy a exigir mi desayuno.

—Buenos días. Te informo de que hoy voy a ceder y voy a desayunar esta mierda —suelto—. Sin embargo, a partir de mañana quiero un capuchino con leche entera y un donut de chocolate. Tú pusiste tus condiciones, yo expongo las mías.

Él me mira sorprendido y alza las cejas.

—Pues va a ser que no —dice finalmente con prepotencia.

—Ah, ¿no? Entonces salgo por esa puerta y me voy a comprarlo a la primera cafetería que encuentre. Si no tomo cafeína y grasas saturadas en mi desayuno no soy persona, así que tú mismo. Si quieres que rinda durante el día, lo necesito.

—Tendrás que acostumbrarte, has firmado un contrato y te pago un dineral. Son solo tres meses, podrás aguantar. Además, no te vendrá nada mal —concluye y se marcha sin decir nada más.

Creo que mis ojos se están saliendo de sus órbitas con lo que acaba de decir. ¿Me está llamando gorda? ¿A mí? Eso es lo último que podría decir, ¡por encima de mi cadáver! Voy detrás de él a grandes zancadas dispuesta a ponerle las cosas muy claritas, pero Alan me intercepta.

—Berta… Te lo dije, la comida es sana y las normas son muy estrictas…

—¡Lo necesito! —lloriqueo.

—Entonces no sigas por ahí… Hazte valer y no le pongas las cosas más difíciles, porque como vayas por ese camino no conseguirás lo que deseas, créeme, le conozco bien.

Doy media vuelta y vuelvo a mirar el buffet, lleno un bol de cereales con leche y a regañadientes me los como. Parece que estoy engullendo comida para perros de lo seco que está y lo rápido que lo estoy comiendo, cierro los ojos y hago de tripas corazón. Ahora mismo no hay nada más en este buffet que me llame la atención. ¡Odio la fruta! Esto va a ser peor que estar en una cárcel. Me parece que los tres mil y pico euros al mes van a ser poco para lo que voy a sufrir durante el tiempo que voy a permanecer aquí.

Capítulo 8

¿Un capuchino y un donut? ¿Una mujer que toma ese desayuno todos los días, no hace ejercicio y tiene ese cuerpo? Aún no sé cómo lo hace pero tengo que admitir que tiene que ser un milagro de la ciencia, porque si no fuera por todo el ejercicio que hago al día y porque me cuido con la alimentación yo estaría bastante gordo. De hecho, de pequeño era una bola. En el colegio me llamaban Piraña, por el de «Verano Azul». Igual que él, yo estaba gordo y tenía el pelo castaño. Por entonces todos los años repetían en verano la dichosa serie y uno de los niños más mayores del colegio me puso el mote. Ya no pude quitármelo hasta que en los últimos años de instituto adelgacé y se les pasó la tontería.

No obstante, a mí se me quedó grabado a fuego, no voy a volver a pasar por eso otra vez. De ahí que cuide mucho mi imagen, no coma nada de grasas y, por supuesto, no tome café, ya que me altera mucho y de por sí soy una persona nerviosa.

Desde la distancia, la veo comerse un bol con cereales con bastante asco y sonrío. Esta va a cambiar en tres meses, como que me llamo Rubén Torres.

Tras el desayuno, voy a mi despacho y me siento en mi silla cómodamente pensado en este proyecto. Esto tiene que salir bien. Cierro los ojos un momento, me froto las sienes y cuando me doy cuenta, ya es la hora del comienzo de la jornada laboral. Me dirijo a la zona de trabajo, no quiero quitar ojo a la pelirroja. Vuelvo a asignarla con mi mejor trabajador y compruebo que todo sigue yendo bien. Soluciono algunas dudas y compruebo todas las mediciones, dedicándome a ello durante gran parte de la mañana, y después me voy al despacho a ultimar la visita de mi padre. Vendrá esta tarde y quiero que esté todo listo y sin fallos.

Cuando llega el turno de la comida, vuelvo a buscarla con la mirada y sonrío. Parece igual de reacia a coger ensalada, verdura o la mayoría de los platos que están cocinados con mucho gusto por nuestro gran cocinero. De hecho, ha pedido que la carne se la den más pasada.

¡Una suela de zapatos está menos tiesa que esa ternera!

Durante la tarde, paso tres horas cotejando los datos de los ensayos y cuando me doy cuenta son las cinco de la tarde, hora en que mi padre llega al despacho. Mis nervios están a flor de piel, menos mal que todo está listo y tengo que admitir que esta vez nos hemos superado. ¡Está perfecto!, no hay errores. Sé que en gran parte es por el esfuerzo del equipo, incluida la pelirroja, que ha demostrado ser muy capaz, aunque por el momento no voy a presentarle al nuevo fichaje. Quiero guardarme este as bajo la manga y atribuirme este mérito a mí mismo.

Una vez terminada la revisión del ensayo, mi padre termina muy satisfecho y me estrecha la mano.

—Hijo, tengo que admitir que no pensaba que lo lograrías, te felicito. Mañana iremos los dos a exponérselo al cliente.

—¿Los dos? —le rebato molesto.

—Sí, los dos. No quiero que salga mal como la anterior vez —afirma autoritario.

Asiento, molesto. No confía en mí y juro que me gustaría rebatírselo, sé que solo empeoraría las cosas. No tengo elección, así que es mejor no discutir con él.

Hoy y sin que sirva de precedente, cuando mi padre se marcha salgo a dar una vuelta por Madrid. Yo soy el jefe y no tengo las mismas condiciones que el resto de trabajadores. Paso por una cafetería y juro que estoy tentando por un instante a comprar un donut, no para la pelirroja sino para comérmelo yo. Aunque al final cierro los ojos y paso de largo. Regreso a la hora de cenar y hoy no acompaño a los trabajadores, he pedido que me la suban a la habitación. No estoy de humor. Que mi padre no confíe en mí me ha quemado todos los cartuchos que me quedaban de mi poca paciencia y no me apetece ver a nadie.

A las diez llaman a la puerta y oigo la voz de Alan.

—Soy yo, amigo.

Abro la puerta y le dejo pasar.

—¿Todo bien? Te he buscado durante toda la tarde y te he llamado al móvil —me comenta preocupado.

—Mi padre va a acompañarme mañana a la presentación con el cliente. No se fía de mí.

—Rubén, tranquilo. Lo harás bien. Solo quiere asegurarse de que esta vez nada sale mal, no es que no se fíe...

—No te pongas de su parte —digo airado—, tú no...

—Vale, lo siento. No te molestes, solo conseguirás que él gane. Demuéstrale que vales para este puesto. Solo tienes que hacer eso. Lo harás bien y le quedará claro que su presencia no es necesaria —concluye para tranquilizarme.

—Quizás tengas razón —señalo frotándome las sienes.

—Tengo razón. —Sonríe—. Y ahora duerme un poco. Mañana será un buen día. ¡Lo presiento!

—Gracias, amigo.

Me cuesta conciliar el sueño pero al final lo consigo.

. . .

Al día siguiente llego al gimnasio, como siempre media hora más temprano de la hora oficial. Los trabajadores se van incorporando pero de nuevo, la pelirroja no está. Espero pacientemente hasta las ocho y diez, como el día anterior y no aparece. Cojo la llave del servicio y subo a su cuarto para comprobar que, igual que ayer, está tumbada plácidamente en la cama. Como si con ella no fuera lo de madrugar. ¿Quién se ha creído esta tía que es? ¿La reina de Saba?

Así es que no me deja más opción que repetir la acción anterior: cojo la jarra de agua que tiene en la mesilla, la lleno de agua fría en el cuarto de baño y la derramo encima de ella. Si esta es la forma que quiere despertarse todos los días, que así sea.

Ella se incorpora de un salto, soltando un chillido. Sus ojos se fijan en mí y chisporrotean de ira, los míos encenderían una hoguera ahora mismo. Hoy tenía que comenzar el día de buen humor y ella ya empieza tocándome los huevos.

—Ni se te ocurra protestar —la interrumpo antes de que llegue a decir nada—, como digas algo, estás de patitas en la calle. En cinco minutos te quiero ver en el gimnasio.

Y sin más me marcho, dejándola ahí, insultándome a gritos. Al menos me he desahogado un poco.

Minutos después, cuando ella llega, yo ya estoy corriendo en la cinta. Necesito quemar mi enfado. Esta vez le digo a Alan que no la ponga a mi lado, la pone detrás y así no la veo. No estoy para que me dé más quebraderos de cabeza antes de la presentación.

Paso el resto del tiempo esforzándome a tope y me marcho antes que los demás, pues voy a ducharme, desayunar y me iré a la cita con mi padre. Así que cuando salgo del buffet ella está entrando. Cruzamos una mirada recelosa y nada más. Yo voy vestido ya con el traje y me dirijo hacia el corredor. Alan me sonríe a lo lejos y levanta el pulgar, deseándome suerte. Su gesto me reconforta un poco. Soy afortunado de tener un buen amigo y compañero como él, porque en días así lo mandaría todo al infierno.

A las diez ya estoy en las oficinas de nuestro cliente. Cuál es mi sorpresa cuando me encuentro con el padre de la pelirroja. ¡Vaya! Me hubiera venido bien haberla traído hoy. ¿O no? Quizás ha sido mejor así. A saber qué diría de mí.

Nos saludamos cordialmente y después de exponer el proyecto al señor Manuel Rodríguez Guzmán, él comenta:

—¡Vaya! Estoy impresionado, hijo. Nuestro socio me dijo que su anterior exposición era bastante pobre, pero tengo que admitir que esta ha superado con creces mis expectativas. Estoy aquí porque él está enfermo. Espero que sean solo unas semanas. Yo he venido hoy y me marcho ahora de inmediato. No obstante, tengo que admitir que sin duda, nuestra multinacional está muy contenta de haberse decantado por ustedes.

Me felicito mentalmente y me digo que todo esto es gracias a su hija, al menos y por el momento, nadie lo sabe. Firmamos el acuerdo y nos despedimos.

—Hijo, tengo que admitir que no es fácil impresionar al mismísimo Manuel Rodríguez Guzmán. Te felicito.

—Gracias, padre. Ahora si me disculpas, tengo trabajo que hacer. Estamos en contacto —le espeto cortante.

La relación con mi padre a veces es muy seria. Y no porque yo quiera, aún así me molesta que ayer haya desconfiado de mí y ahora me esté alabando, así que hoy no quiero sus elogios. En el fondo porque sé que no me los merezco, el mérito es más de la pelirroja.

Me marcho y pongo rumbo hacia la cafetería que encontré ayer. Voy a comprar una caja de donuts y un café, un capuchino. Tengo que reconocer que la pelirroja se lo ha ganado y qué demonios, yo también me merezco uno de esos donuts, ¡solo se vive una vez y esto hay que celebrarlo!

Capítulo 9

Odio mis despertares con agua fría, odio verle correr en la cinta, pero sobre todo, odio que no haya donuts a la hora del desayuno. Tengo que admitir que la primera parte la tengo merecida, por ignorar la alarma que suena en la habitación. Es que sigo pensando que levantarse a las siete y media de la mañana tenía que estar terminantemente prohibido. Es inhumano e inmoral. Todos necesitamos un mínimo de descanso de ocho a diez horas. Diez en mi caso.

Hoy he vuelto a desayunar los cereales que saben a comida de perro. Aunque estoy segura que la comida de perro sabe incluso mejor que eso, y creo que me ponen de muy mal humor. Necesito mi ración de chocolate para ser feliz, solo quiero eso. ¿Es mucho pedir?

Por la mañana me he puesto a trabajar con el compañero que me han asignado desde el principio. Por lo que Alan me ha comentado, el pijo estirado hoy tenía la visita con el cliente para conseguir la financiación. De ello depende nuestro futuro aquí. Estoy totalmente centrada en el trabajo. Pero hago un descanso para ir al aseo y es entonces cuando le veo llegar, diría que con un café y una caja de… ¿donuts?

¡¿Donuts?! No me lo creo. Nuestras miradas se cruzan y creo que hasta me sonríe. ¿En serio? Creo que estoy soñando. Se va acercando y es entonces cuando la otra mujer que hay en la empresa, de quien no sé el nombre porque no se ha dignado a presentarse, solo a mirarme mal durante las estancias en el restaurante, le aborda y le coge el café. También abre la caja y saca efectivamente un donut. ¡De chocolate! Esto es una pesadilla, tiene que serlo. ¡Joder!

Vale, no eran para mí sino para ella. Entorno la mirada, envidiando ese donut con toda mi alma. ¿Qué hay de eso de nada de relaciones entre la gente de curro? ¿Qué hay de nada de comida con grasas saturadas y café? ¡Ah, vale, que solo se aplica para nosotros! Él, como es el puto jefe, pude liarse con esa chica e hincharse a comida basura. ¡Será cretino! Me doy media vuelta y vuelvo al trabajo, sin ir al baño. Se me han quitado hasta las ganas de hacer pis.

Me centro en seguir con lo que estaba haciendo con Pedro, mi compañero, aunque este me tiene que llamar un par de veces la atención porque realmente centrada, lo que se dice centrada, no estoy.

—¡Berta, estamos o no estamos! —me replica irritado al ver que no le hago caso.

—Estamos, perdón. ¡estamos, estamos! —reitero—. Es que hoy me duele un poco la cabeza.

El pobre hombre se traga mi excusa y pone un gesto preocupado.

—Hay paracetamol en el botiquín, si te hace falta. Y si necesitas cerrar los ojos diez minutos…

—No, no, tranquilo, se me pasará. Es solo un dolor ligero…

Después de mi mentira, Pedro se lo toma con más calma conmigo, cosa que agradezco. La mañana transcurre muy plácida, al menos hasta que, a última hora, aparece el pijo estirado. No hay ni rastro de los donuts. Se los habrá comido con su amiga retozando encima de la mesa de su despacho. ¡Ja! Luego no me extraña que corra a esa velocidad en la cinta. Prohíbe las grasas saturadas solo para el personal, podría decirle yo lo que está y no está prohibido.

«Mantén esa boquita a raya, pelirroja», me digo mentalmente.

Sí a veces tengo que recordarme que soy bastante impulsiva y que eso no me trae nunca nada bueno.

—¿Todo bien, chicos? —pregunta de manera generalizada.

No me molesto en contestar ni en mirarle, porque me conozco demasiado, a mí y a mi lengua viperina. Me gustaría soltarle: «no tan bien como tú después de inflarte a bollos y echar un polvo». Así que estoy mucho mejor calladita, como diría mi difunta abuela.

Me limito a trabajar y él parece entender que no es bienvenido allí porque de inmediato se marcha a sus quehaceres.

La mañana se me antoja eterna y cuando llega la hora de comer apenas pruebo bocado. Estoy como indispuesta. Creo que todo ha sido por ver al pijo estirado con esa perra, compartiendo mis queridos donuts.

«Sí eso va a ser, tengo necesidad de comer unos donuts».

Así que termino rápidamente de comer y aprovecho que todo el mundo sigue en el comedor para intentar escabullirme por la salida de emergencia, aunque mis planes no salen como esperaba. Cuando creo que lo he conseguido, un fuerte brazo tira de mí.

—¿Dónde demonios crees que vas? —me espeta el pijo estirado con cara de pocos amigos.

Me giro rápidamente y lo veo con esa cara de animal furioso que asustaría a cualquiera. A cualquiera menos a mí.

—¡Suéltame o gritaré que quieres violarme! —exclamo dándole un manotazo y de inmediato obedece—. Voy a comprarme un donut y un café. Tranquilo, no pensaba huir…

—¿Has olvidado las reglas? No se puede salir del recinto y menos para comprar comida basura.

—Vaya, si no recuerdo mal esta mañana tú mismo traías esa misma comida a tu amiguita. Seguro que la habrás disfrutado de lo lindo mientras le dabas lo suyo a tu novia en tu despacho. ¡Otra regla que te has saltado! ¿O esa no se aplica al jefe? —inquiero con malicia.

No pensaba hacerlo pero dado que él ha empezado primero, no voy a callarme.

—¡No sé de qué demonios me hablas! —gruñe enfadado.

—La morena con tetas postizas… —digo haciendo un gesto con las manos delante de mi pecho simulando dos grandes globos—. La otra mujer que hay en esta empresa, solo somos dos, así que no tiene pérdida. Te abordó en el vestíbulo. Te robó un café y un donut de la caja que traías. Después me imagino lo que pasó. No hace falta que me des detalles… No los necesito, no soy ni tu novia ni tu madre. Sin embargo, creo que las reglas se aplican para todos, ¿no? Con lo cual, voy a ir a comprarme un donut y un capuchino, ni tú ni nadie me lo va a prohibir. ¿O tengo que contar al resto del personal lo que vi?

Me mira con los ojos inyectados en sangre y vuelve a agarrarme del brazo.

—Si das un paso más, estás despedida…

—De acuerdo, hazlo —le desafío.

—Tendrás que devolverme el dinero del adelanto ahora mismo y también pagarme la camisa.

¡Cabrón! Sabe jugar sucio, no tengo el dinero y no creo que mis compañeras de piso vayan a devolvérmelo. Ahora soy yo la que tengo los ojos inyectados en sangre. Me doy la vuelta y le doy un empujón. Ni siquiera creo que le haya hecho ni cosquillas. Es más, la que se ha hecho daño he sido yo.

Suelto un improperio para mis adentros que prefiero no repetir y me adentro de nuevo en las instalaciones. Alan me mira asombrado y me pregunta con la mirada, yo le ignoro por completo. No estoy para dar explicaciones al secuaz. Me voy directamente a mi habitación. Necesito sacar todo el odio y frustración que llevo dentro. Entro, cierro por dentro, cojo una toalla y la enrollo bien. Luego la aprieto contra mi boca y doy un grito ahogado. Juro que ahora mismo me iría y lo mandaría a la mierda, por desgracia me tiene cogida por los ovarios.

No voy a llorar porque soy una mujer fuerte y yo no lloro, aunque una lágrima se derrama por mi mejilla. Me miro al espejo y me digo: «Berta, este pijo estirado no va a poder contigo así que demuéstrale lo que vales, golpéale donde más le duele, ¿de acuerdo?».

Levanto la cabeza y con ella erguida salgo muy digna, porque eso es lo que voy a hacer, voy a demostrarle que no me ha afectado para nada y cuando menos se lo espere me iré, tengo claro que voy a conseguir un donut y un capuchino, me cueste lo que me cueste.

Capítulo 10

Llegué de la reunión feliz y decidido para hacer mi buena obra del día pero la estúpida de Mara me interceptó en el vestíbulo arrebatándome el café y un donut. ¿Qué tenía que haber hecho, decirle que no era para ella? No he sabido reaccionar y para colmo allí estaba la pelirroja, mirándonos con cara de pocos amigos mientras Mara me agradecía que me hubiera acordado de ella. No le presto atención al ver cómo la pelirroja se marcha, así que me doy media vuelta, dejándola con la palabra en la boca.

—Bueno…, al menos gracias por el café y el donut, la próxima vez, procura que no esté tan frío y que sea con leche de soja…

Cierro los ojos y suelto un bufido. ¡Si es que no sé ni por qué se me ha ocurrido la idea!

Tiro los puñeteros donuts a la basura porque si no, sé que estaré tentado a comérmelos yo. Justo en ese momento entra Alan.

—¿Todo bien, amigo?

—Sí, todo muy bien —le contesto con retintín.

—¿Detecto un tono de hostilidad? —pregunta con ironía.

—¡Joder, la puñetera Mara! Quise traer un detalle a la pelirroja y ella me lo robó. Creerá que lo he hecho a posta.

—¿Qué ha ocurrido?

—La presentación fue muy bien, estuvo el mismísimo Manuel Rodríguez Guzmán debido a que el gerente de la filial aquí en Madrid está enfermo y recibí sus felicitaciones —explico desapasionadamente—. Quería agradecerle a la pelirroja su esfuerzo y su trabajo, Alan. Es rápida e inteligente, tiene muy buena intuición. El equipo funcionaba bien desde que ella está aquí, las cosas van mucho mejor y es gracias a su talento. Sin ella estoy seguro que no hubiéramos logrado tanto éxito. Sé admitir cuándo la gente trabaja bien, y ella lo hace —. Veo a mi amigo ensanchar una sonrisa y, por alguna razón, eso me sienta como una patada en las pelotas.

—¿Entonces?

—Pues que Mara me interceptó en el vestíbulo y cogió el café y el donut que le había traído a la pelirroja. Ella lo vio y yo no supe decirle a Mara que no eran para ella.

—Joder, Rubén, a veces eres más tonto que Abundio.

—Gracias, yo también te quiero y que conste que no voy a tener en cuenta tu comentario. Porque podría echarte a la calle, lo sabes, ¿verdad?

—Menos lobos —dice él riendo—. Somos amigos desde la infancia y si no fuera por mí, tendrías a todo el personal encabronado y no te durarían dos días. Soy como el que amansa a las fieras…

No puedo evitar devolverle una sonrisa.

—Tienes razón, lo admito. ¿Y tú que habrías hecho en mi lugar?

—Primero, tienes que despedir a esa Mara. Es como un grano en el culo. Es mediocre en su trabajo y además te persigue como un perrillo faldero. Al final solo te va a dar problemas. Estoy seguro que podrás encontrar a alguien para sustituirla. Y deberías haberle dicho que esas cosas no eran para ella. Asunto arreglado.

—Lo sé, pero justo vi a la pelirroja mirándonos con cara de pocos amigos y ya no supe reaccionar.

—La pelirroja, como tú la llamas, tiene nombre —comenta algo malhumorado—. Se llama Berta…

—Como tú digas, pero soy bastante malo recordando nombres... y prefiero llamarla así.

—Sí tú lo dices... —responde algo turbado—. Y toma cartas en el asunto antes de que todo esto te estalle en la cara, amigo.

—Lo haré.

Sale del despacho y decido quedarme un rato ojeando el correo. Necesito tiempo para encontrar a alguien que sustituya a Mara, centrarme en lo que ha pasado y ver cómo voy a llevar todo este asunto. Quizás mi padre tenga razón y no estoy hecho para el puesto.

«Tonterías, vales para esto y lo harás bien», me digo a mí mismo.

A la hora de la comida, de nuevo no puedo evitar que mis ojos vayan hacia la pelirroja. Apenas come nada y se marcha de inmediato. Mi intuición me dice que trama algo y no me equivoco. Por suerte la pillo intentando marcharse antes de que lo haya hecho.

De nuevo tengo que enfrentarme a ella y, como bien predijo Alan, lo de Mara me estalla en la cara. ¿Pues no va la pelirroja e insinúa que tengo un *affaire* con Mara? ¿Yo, con esa? ¡Ni loco! Antes me acuesto con Alan que tirarme a esa desesperada. Aunque está mal que la pelirroja lo piense, porque puede que lo vaya contando por ahí, así que tengo que hacer algo si no quiero que mi padre se entere de todo.

No tardo en encontrarme a Alan en el pasillo y detecto que antes se ha cruzado con ella pues de inmediato me pregunta:

—¿Qué le pasa a Berta? Parecía que iba a escupir fuego por la boca.

—La he pillado intentando escaparse. Quería comprarse un capuchino y un donut —gruño.

—Si no se lo hubieras dado a Mara… —rebate dañino.

—No me toques tú también los cojones… ¿Pues no va y me suelta en toda la cara que se lo doy porque me estoy acostando con Mara?

—Vaya, vaya… Te dije que esa mujer te traería problemas.

—Para ser sincero, las dos me los dan…

—¿Por qué te crees que me gustan los hombres? —me dice con guasa. Yo le miro desdeñoso y él continúa—. No es que entre nosotros no haya problemas, pero al menos no hay tanto drama por unos bollos y un café aguado. Aunque si tengo que elegir, Berta es una mujer muy buena e irremplazable en su trabajo a diferencia de Mara.

Tiene razón, la verdad. Además, tengo que admitir que la pelirroja tiene algo más que no consigo aún desvelar, algo que me atrae. Me irrita mucho y a la vez siento una atracción fatal por ella desde que la vi cuando fui a su casa, apostada en el dintel, casi totalmente desnuda. Seguramente sea mi falta de sexo, porque sin duda sería la última mujer en la faz de la tierra con la que tendría algo. Es irritante, exasperante, maleducada y, sobre todo, la antítesis de mí.

—Ella te cae bien, ya me he dado cuenta. Por alguna misteriosa razón que no comprendo, es obvio que te resulta simpática —digo suspirando—. Y además estás en lo cierto, necesitamos a Berta. Hablaré con nuestros abogados para que preparen los papeles del despido de Mara y buscaré a alguien de inmediato.

—Es lo mejor que puedes hacer. Te quitarás el problema del acoso de esa mujer y que Berta vaya soltando el rumor de lo vuestro por la empresa.

—No hay ningún «nuestro», Alan.

—Tú y yo lo sabemos, el resto de la gente no. Y hasta que no te deshagas de ella no estarás tranquilo. Imagínate que se hace viral y encima ella se lo cree. Tendrías un problema mayor.

Me paso las manos por el pelo solo de imaginarlo.

—Lo sé, lo sé, por eso voy a arreglar esto ahora mismo.

—Haces más que bien, de verdad, amigo. No te arrepentirás.

Me fastidia despedir a alguien cuando el equipo está completo; sin embargo, Alan tiene razón: si Mara se entera del bulo puede ser mucho peor, así que me paso toda la tarde en el despacho pensando en lo que voy a hacer. Es una dura decisión y a última hora de la tarde, cuando tengo todos los papeles a mi disposición, la llamo, para que se acerque a verme.

Es un trago amargo. Ella viene sonriente sin saber lo que la espera.

—Mara, eres una gran trabajadora, nunca he dudado de ti; aún así, la empresa ha decidido prescindir de tus servicios —le digo amargamente.

Su rostro se descompone y veo cómo deja caer los hombros, observándome, atónita.

—¿En serio? Soy buena en mi trabajo. No entiendo nada...

—Lo sé..., hay que hacer restructuración en la empresa y la decisión está tomada. Lo lamento mucho. Aquí tienes tu finiquito y una gratificación por los servicios prestados. Ni que decir queda que todo lo que has visto en estas instalaciones es secreto. Firmaste un contrato de confidencialidad, no lo olvides —señalo extendiéndole los papeles y un cheque cuantioso.

—¿Es por lo de esta mañana? Sé que me extralimité, lo siento, no volverá a pasar —lloriquea de manera fingida—. Quizás...

—Lo siento, no hay vuelta atrás —la interrumpo.

—Te arrepentirás —me amenaza entonces, cambiando radicalmente de actitud mientras me arrebata el cheque de las manos—. Nadie me despide y se queda de rositas.

—Ya te he advertido que como salga información de este proyecto, nos veremos en los tribunales.

Ella coge los papeles que le he entregado y se marcha soltando humo por las orejas. Vaya situación más incómoda. Hablaré con Alan y con su amigo investigador para que la siga durante un tiempo. Creo que esta mujer me va a traer más problemas fuera que dentro, no sé por qué pero lo presiento.

<h1 style="text-align:center">Capítulo 11</h1>

Sin palabras me he quedado cuando en la cena me he enterado de que la tal Mara, que así se llama la morena tetona, ha sido despedida. ¿Tendrá algo que ver con que yo les haya descubierto? Me imagino que sí. El pijo estirado no querrá que se chismorree sobre él.

No sé a que viene todo esto, yo ante todo soy una profesional, no iba a ir con el cuento a nadie por mucho que se lo dijera para cabrearle. Aunque imagino que por curarse en salud él se la ha quitado de encima. Bueno, no creo que tengan problemas. Se verán fuera de aquí. Él tiene la suerte de poder salir cuando desee. En cambio nosotros vamos a estar aquí casi tres meses encerrados, y sin probar ni un cafelito ni un bollo, ni siquiera un triste cruasán. ¡Creo que me va a dar algo!

Al sonarme el despertador al día siguiente, decido levantarme, si no voy a llevarme un jarro de agua fría y hoy no estoy por la labor. Aunque con ganas me quedo de esconderme y que se lo tire a su madre si quiere.

Un momento… ¡Sí, es buena idea!

Así que me escondo en el baño entre risillas y cuando abre la puerta, a eso de las ocho y diez, no me encuentra. Veo la cara enfurecida del pijo estirado y exclama:

—¡Será mejor que salgas de tu escondite y bajes en cinco minutos! No me gustan las bromas.

—Me he ido a por el puñetero donut —digo desde el baño con chulería.

—¿Qué? ¿Tienes cinco años, o qué te pasa? Sal de ahí si no quieres que te saque yo a rastras.

—¡Ja! Inténtalo… —le rebato.

Y no le cuesta nada tirar la puerta del baño de una patada y cargarme a los hombros. ¡Para qué habré hablado!

—¡Eres un bruto! ¡Suéltame! —lloriqueo como la niña de cinco años que ha mencionado.

—Tú te lo has buscado.

—¡Bájame! Por favor… Todo el mundo me verá… —le imploro pataleando.

—¿Vas a volver a retarme? ¡Estoy harto! Llevas tres días aquí y siempre llegas tarde. Tienes que aprender que hay unas normas para todos y los que no las siguen se van a la calle. Tú no eres mejor que nadie. Sí, eres muy inteligente, quizás tengas unas cualidades excelentes, pero eso no te da derecho a hacer lo que te dé la puñetera gana. ¿Me has entendido? —grita furioso.

—Vale, vale. ¡Lo siento! —expreso con sinceridad.

Lo cierto es que estoy un poco abochornada por todo esto. Me baja al suelo y me mira fijamente, muy serio.

—No vuelvas a retarme, la próxima vez no me temblará la mano.

Se adelanta un poco y entra en el gimnasio, dejándome ahí. Solo cuando ya está lejos, suspiro con alivio. ¡Vaya arrebato ha tenido! Debo admitir que he sido bastante tocapelotas hoy. Le he puesto al límite. Incluso me siento culpable, debería haberme ido al gimnasio cuando me he levantado, pero mi lado travieso me ha incitado a gastarle una broma y me ha salido rana.

Entro a los dos minutos y veo a Alan, que me saluda. Esta vez me he puesto en una bicicleta estática, lejos del pijo estirado que de inmediato se ha puesto en una cinta de correr.

—Hola, ¿todo bien?

—Hola, sí claro, todo bien —digo fingiendo una sonrisa.

No lo estoy, aunque me centro en las instrucciones de la bici y en desarrollar mi ejercicio tranquila. Hoy, y sin que sirva de precedente, voy a hacer las cosas calmada. Después de la sesión de ejercicio y la ducha, voy al restaurante, me tomo un zumo y el bol con cereales. Y me concentro seriamente en el trabajo.

El día es productivo, creo que las palabras que me ha dicho me han calado hondo. Soy inteligente y tengo unas cualidades excelentes. Mi padre siempre opinó lo mismo, la única que nunca ha confiado en mí es mi madre y juro por Dios que la voy a demostrar que se equivocaba siempre. Así que voy a olvidarme del capuchino y los donuts, muy a mi pesar, y voy a centrarme en el trabajo.

A las ocho de la noche, mi compañero se marcha, yo en cambio, decido quedarme un poco más.

—No van a pagarnos horas extras ni nada por el estilo —me advierte.

—Lo sé, pero quiero terminar una cosa. Tranquilo, no voy a destrozar nada…

—Está bien, como desees, es tu hora de descanso; eso sí, no llegues tarde a cenar o el señor Torres la volverá a tomar contigo.

Creo que es *vox populi* que me despierta con un jarro de agua fría. Esta vez me programaré la alarma del móvil para que no haya problemas. Me pongo a escuchar música mientras trabajo y me centro de lleno en desarrollar unas fórmulas hasta que unos toques en la espalda me devuelven a la realidad. Cuando miro el reloj cierro los ojos.

¡Mierda!

No puede ser, son las nueve y media. ¡Puto móvil! ¿Yo no había programado la alarma?

—¿Qué demonios haces aquí? —pregunta malhumorado.

—Estaba terminando una fórmula, me enfrasqué de lleno en el trabajo y se me fue la hora.

—Tu horario laboral es hasta las ocho… —insiste con el ceño fruncido.

—Lo sé…, quería terminar unas cosas que no había acabado y quise dejarlo concluido… —me excuso.

—No lo vuelvas a hacer. Te lo dije esta mañana, los horarios son igual para todo el mundo. Has perdido tu turno para la cena.

—No importa… —le respondo con sinceridad—. Lo siento, en serio, no quise desafiarte, puse la alarma y no sé que ha pasado.

Miro el móvil y veo que la programé para otro día.

¡Estúpida! Hay que mirar cuándo se programan las cosas. El pijo, o lo que es lo mismo, el señor Torres, se queda mirándome y no dice nada más.

—Si quieres despedirme… —le digo vacilante.

—Ve a tu cuarto y no lo vuelvas a hacer.

Suspiro con alivio.

—Gracias —siseo agradecida, y me voy a toda prisa.

Él se queda allí y por primera vez en toda mi vida me siento mal conmigo misma, llevo todo el puñetero día cagándola con el trabajo de mis sueños, tengo ganas de llorar, me gustaría llamar a mi padre y hablarle de ello, aunque sé que no nos está permitido hablar con nadie. Las llamadas están supervisadas…

Mientras voy camino a mi cuarto, Alan me intercepta en el pasillo.

—Berta, ¿dónde estabas? —me plantea con verdadera inquietud.

—Me quedé trabajando y programé la alarma mal… La he cagado… —admito desolada.

—¿Te apetece hablar? Juro que no saldrá nada de aquí —me dice haciendo una cruz en el pecho.

—No me vendría mal un amigo, la verdad —respondo sin pensarlo demasiado.

Me acompaña hasta mi cuarto y se sienta conmigo en la cama. Al principio me siento algo incómoda, no sé si quiero ese nivel de intimidad con él. Al notar mi reticencia, él sonríe.

—Me gustan los hombres, tranquila… —me explica y me quedo realmente asombrada.

—¡Oh! Vaya, nadie lo diría. Quiero decir que…

—Bueno, no a todos se nos nota. Yo soy un gay de incógnito —expone y suelta una carcajada—. Ahora cuéntame qué te ocurre.

Eso me relaja y hace que comience a hablar con él.

—Pues… no sé cómo empezar. La verdad es que toda mi vida he deseado tener un trabajo como el que tengo. Aunque debo admitir que el señor Torres —digo por primera vez y él me mira asombrado— me toca mucho las narices. Es arrogante, engreído y bastante tocapelotas. Creo que en ese sentido somos bastante parecidos, para qué lo voy a negar. Hoy le he desafiado y aunque me había levantado cuando sonó el despertador, quise provocarle con una broma. No se lo tomó bien y me di cuenta que me había excedido. Así que he tomado el camino hacia la responsabilidad y me he centrado en el trabajo y… la he vuelto ha cagar.

—¿Y eso por qué? —plantea confuso.

—Me quedé después de terminar la jornada, pensé que había puesto la alarma para ir a la cena y me equivoqué. El señor Torres ha tenido que ir a avisarme de nuevo. No estaba contento, para variar. Le he vuelto ha desafiar y me avisó de que si lo hacía me despediría.

—Pero estás aquí —concluye con una sonrisa.

—Lo sé, y aún no lo entiendo.

—Berta, no le des más vueltas, aunque si me permites darte un consejo, intenta desde ahora ser menos tocapelotas. Bueno, solo un poco. A veces también se merece que le bajen los humos —añade con una sonrisa ladina—. Los dos sabemos que sigue teniendo metido ese palo por el culo.

Nos miramos y estallamos en carcajadas. Me encanta Alan, sé que son buenos amigos mas no duda en meterse con él, aunque lo hace sin maldad. Me atrevería a apostar que es de los que no se calla y no solo lo hace cuando él no está presente sino que también se lo dice directamente a la cara.

—Gracias, Alan, por escucharme y ayudarme. Eres un buen tío.

—Lo sé —suelta y sonríe.

—Muy modesto diría yo.

—También lo sé…

De nuevo sonreímos y después de charlar un rato más sobre cosas más ligeras, mi adaptación aquí y su afición por el deporte, se marcha. Agradezco tener al menos alguien con quien hablar y pasar un rato agradable durante estos meses que voy a permanecer encerrada.

Capítulo 12

De nuevo la pelirroja me la ha vuelto a jugar, no ha ido a cenar y cuando voy a buscarla a su habitación no está. Parece que mis palabras han caído en saco roto, ¿y si se ha escapado? Juro que la encontraré y le haré pagar con creces hasta el ultimo euro que me debe. Furioso, recorro las instalaciones en su búsqueda y la encuentro en el despacho donde normalmente desempeña su trabajo. Tiene puestos los cascos y parece concentrada en algo. Por un momento tengo que controlar mis impulsos de asesinarla, siento una mezcla de sensaciones: alivio por que no se haya escapado y a la vez enfado por ver que sigue incumpliendo las normas una vez más.

Entro en el despacho cuando me he calmado un poco y durante unos segundos, antes de abordarla, la observo. Sigue concentrada en su trabajo, cuando por fin la saco de su burbuja, es cuando realmente se percata de que ha vuelto a meter la pata. Está realmente arrepentida. Arremeto de nuevo contra ella y le doy una buena charla, pero esta vez no soy demasiado severo, veo sinceridad en sus ojos.

Cuando se marcha, me quedo observando el trabajo realizado. Magnífico sería quedarse corto, es… brillante. No salgo de mi asombro. Nunca había conocido a nadie con tanto talento, siento celos de ella, no puedo negarlo. Creo que incluso llegará a ser más brillante que su padre si su arrogancia no la ciega.

Decido llevarle algo de cenar, así que voy a la cocina. Sé que le gustan los filetes bien pasados así que encargo que le preparen uno con algunas patatas y ensalada. Cuando llego a su habitación escucho risas, una de ellas es masculina.

¡No me lo puedo creer! ¿Tiene a un hombre en su habitación? Estoy tentado a entrar, tengo la llave, podría hacerlo… Mi conciencia me detiene antes de hacerlo, no sería ético. Justo cuando estoy dando media vuelta para irme, furioso por ser tan estúpido, Alan sale por la puerta.

—Vaya, vaya…, amigo. ¿Qué tenemos aquí? —me pregunta dibujando una sonrisa—. ¿Preocupado por «tu pelirroja»? —plantea despiadado.

—No cenó nada…, solo le traía algo, no quiero que se ponga enferma —respondo vacilante, me ha pillado por sorpresa.

—¡Ya, claro! —exclama con ironía.

—¿Y tú? ¿Qué hacías con ella? Si no supiera que eres rematadamente gay diría que estabas coqueteando.

—¿Celoso? —Vuelve a la carga.

—Ni mucho menos. Aunque últimamente parece que ella te cae mejor que yo. Solo es eso.

Mi amigo me mira y sonríe, dándome una palmada en el brazo.

—No seas tonto. Vamos, entrégale la cena, se le va a quedar fría.

Se marcha y yo dudo si llamar a la puerta y dar la cara o marcharme. En el fondo verle salir de allí me ha trastocado un poco, no voy a negarlo.

«Da la cara, cobarde», me dice una vocecita en mi interior.

Suspiro profundamente y doy un toque en la puerta. Tarda un rato en abrirme y cuando lo hace de nuevo sale envuelta en una toalla. ¡Será mi cruz!

—Buenas noches —digo titubeando—, te traigo algo de cena.

—Gracias, no tenía por qué, señor... —responde confundida.

—Hiciste un buen trabajo. Aunque me gustaría que a partir de ahora respetaras las normas y no tuviera que venir a buscarte por las mañanas ni traerte la cena —Añado.

—Prometo no portarme mal —señala dibujando una bonita sonrisa que, me descoloca de una manera que ella no puede ni imaginar.

Entre que está medio desnuda y esa sonrisa, tengo que salir de aquí con rapidez, no puedo permitirme sentir nada por esta mujer. ¡Me niego!

—Aclaradas nuestras diferencias, que aproveche y que descanse. Buenas noches.

—Lo mismo digo.

Salgo como alma que lleva el diablo de allí, necesito centrar mi mente en algo que no sea ella. ¡Joder! Si hasta por unos segundos he fantaseado con la idea de… ¡No! ¡No! No quiero ni mencionarlo. Eso solo me haría excitarme más de lo que ahora mismo estoy. Entro en la habitación y me voy a la ducha. Necesito borrar de mi mente esas piernas desnudas y las curvas de su cuerpo dibujándose bajo la toalla.

Pero ocurre todo lo contrario, esa imagen me persigue, apoderándose de mí, y me dejo llevar en la ducha, desfogándome y haciendo realidad una fantasía que solo está en mi mente. Al menos he aliviado un poco mis tensiones y podré descansar, o eso creo. Pero nada más lejos de la realidad. Esa mujer aborda mis sueños y el recuerdo de su figura medio desnuda me invade durante toda la noche, haciendo que descanse bastante mal.

Me levanto más temprano de lo normal y bastante hastiado. Me voy al gimnasio para eliminar esas fantasías que han empezado a asediarme. Ahora mismo lo que menos necesito es que esa mujer domine mi mente.

En la cinta y con música de AC/DC consigo olvidarme de todo y corro hasta que mi corazón parece salirse de mi pecho. Comienza a llegar la gente y allí está ella, por una vez puntual, con esas mallas ajustadas y un top que marca sus pequeños y redondos pechos.

«¡Joder, Ru, no sigas por ahí!», me recrimino.

Me pongo en las pesas lo más lejos posible de ella. Durante media hora y con la música a todo volumen me centro en mi trabajo y en no mirarla; sin embargo, una fuerza sobrehumana me lanza hacia ella sin control. Está en la cinta y hoy está corriendo, despacio, aunque corre con estilo y no lo hace del todo mal. Tiene la mirada perdida al frente y está escuchando música por los auriculares. De vez en cuando diría que tararea algo y sonrío. Es de las mías. No puede verse callada incluso aunque se ahogue corriendo.

Alan se le acerca y le da la enhorabuena. Creo que ha superado el objetivo que le ha marcado. Me alegro que se esté tomando esto en serio de una vez. No sé si es bueno o malo, porque ahora que no se enfrenta a mí, ahora que me pone las cosas fáciles, empiezo a ver a otra mujer mucho más sensata y no me gusta lo que mi corazón empieza a sentir.

Capítulo 13

Han pasado varias semanas y las cosas entre el pijo estirado y yo parecen funcionar bien; como diría mi difunta abuela, las aguas se han calmado. Claro está que he dejado de ser la mujer guerrera y tocapelotas que llevo dentro y de reclamar mi capuchino y mi donut. Eso sí, creo que estoy perdiendo peso. Entre el ejercicio, la comida sana y mi falta de grasas saturadas a este paso no me van a conocer ni mis padres el día que salga de aquí.

Hoy he tenido un sueño de lo más extraño. Estaba en la cinta, corriendo detrás del pijo estirado y de repente se transformaba en un donut gigante de chocolate. Y como llevo tanto tiempo con antojo de donut lo único que se me ocurrió fue lanzarme a devorarlo. Cuando estaba en medio de mi gran banquete, se convirtió otra vez en hombre.

¡Menuda vergüenza!

Todos me miraban como si estuviera loca. Normal, me había lanzado a comerme a mi propio jefe. ¿Tendrá algún significado?

«Sí, que tengo ganas de comerme un donut, no a mi jefe. ¡Por supuesto!», me respondo rápidamente.

Porque lo segundo, ni loca. No voy a negar que es atractivo, pero ni aunque fuera el último hombre en la faz de la tierra me acercaría a él; sigue siendo un pijo estirado y aunque su carácter es menos agrio, creo que nunca cambiará. No le he visto dibujar una sonrisa nunca durante todo este tiempo.

Por la mañana, después de hacer mi rutina de entrenamiento y mi desayuno, me encuentro con que hoy no está mi compañero, parece ser que está con unas décimas de fiebre. A media mañana, el protagonista de mi pesadilla aparece y me quedo sorprendida.

—Hoy trabajaremos juntos. Espero que no te moleste, te he traído esto en compensación —dice amablemente depositando en la mesa un donut y un café. Creo que incluso es… ¡un capuchino!

¿Quién es este hombre y qué ha pasado con el pijo estirado? ¿Le han abducido los extraterrestres esta noche? ¿O acaso ha tomado estupefacientes?

«¿Qué más da quién sea?, acepta el regalo antes de que se arrepienta», me digo egoístamente.

Mi cara debe ser un poema, él sonríe. Lo que digo, este hombre se ha tenido que dar un golpe en la cabeza o algo por el estilo. Es la primera vez que le veo sonreír. Y yo que decía que no sonreía…

—¿Esto no tendrá después represalias? ¿O es que me vas a pedir algo a cambio?

Me mira confuso e intervengo de nuevo.

—Lo digo porque a la morena tetona le trajiste un café y unos donuts y por la noche estaba despedida, así que…

Su gesto cambia, de nuevo frunce el ceño y se pone con cara de perro.

—Ese café y los donuts no era para ella, sino para ti —me suelta de mal humor. Ahora la confundida soy yo—. Y para tu información, nunca me acosté con ella. No debería darte explicaciones de mi vida privada, aunque dado que das por hecho las cosas…

—¿Dices que aquel día me trajiste los donuts y el café para mí? —cuestiono nerviosa.

—Sí, lo que pasa es que Mara me interceptó en el vestíbulo y con toda su cara dura me lo arrebató, no tuve ni tiempo de decirle que no. Era una mujer bastante persuasiva. Desde que la contratamos estuvo intentando seducirme, nunca le hice caso y al final decidí despedirla porque sé que sería un problema para mí. Tú tampoco ayudaste cuando insinuaste que me había acostado con ella.

Abro la boca sorprendida y la cierro inmediatamente al notar que la tengo totalmente desencajada.

—Vaya, lo siento. Me enfadó lo de los donuts, para ser honesta —afirmo aún sorprendida.

—Como te he dicho los traje para recompensar tu gran trabajo. Gracias a ti conseguimos la financiación con el cliente —dice con seriedad.

Sus palabras me hacen sentir orgullosa y me inflo como un pavo, pero hago un gesto con la mano, quitándole importancia.

—¡No exageres! No creo que fuera gracias a mí, solo llevaba un día.

—Lo sé, pero diste con la manera de equilibrar la fórmula en cuestión de unas horas. Me fastidia decirlo, pero tienes un talento innato.

—Gracias —respondo con una gran sonrisa.

—Aunque no me gustaría que por estas palabras ahora te creas mejor que nadie. Eres brillante, aún así el trabajo tienes que seguir haciéndolo en equipo, solo así conseguiremos el éxito.

—Lo sé, no pensaba creerme la reina de la empresa ni mucho menos —le respondo.

—Mejor, porque no toleraré que se hagan desprecios entre compañeros. Y ahora, aclarados todos los puntos, ¡a trabajar!

—Lo siento, pero antes voy a tomarme el café y el donut —digo con una sonrisa triunfal.

Me mira turbado y luego gruñe algo, yo paso de sus desprecios. Y si no, que no me lo hubiese traído. Me como el donut despacio, disfrutándolo, y sin ofrecerle. Quizás es de mala educación, aunque si quería uno que se lo hubiera comprando, ¡no te fastidia! Tengo que admitir que esto es mucho mejor que un orgasmo. Y creo que hasta he gemido cuando he pegado el primer mordisco. Él se ha centrado en el trabajo, pero con los ruiditos que estoy haciendo, al final me mira hastiado.

Lo siento, tanto tiempo sin probarlos…, es como el que lleva meses a dieta y después se come un dulce. Cuando lo termino, me chupo hasta los dedos. Sé que es una guarrada, lo admito, aunque no voy a desperdiciar ni una mísera miga. ¡A saber cuándo puedo probar otro! Después, despacio, me tomo el café. Está templado, como a mí me gusta, y cuando al fin termino, me dispongo a trabajar. Entonces él me detiene y me pregunta:

—¿No vas a ir a lavarte las manos?

—¿Por qué? Están limpias como la patena. Ya me he encargado de ello —le suelto sin más.

Pone cara de indignación.

—Haz el favor…

No voy a discutir, yo veo que no queda nada de chocolate ni dulce en ellas, no obstante, le haré caso. Al cabo de un rato, regreso y comenzamos a trabajar. No es grato tenerlo a mi lado, me intimida su presencia y al principio me cuesta mucho concentrarme, hasta que al final tengo que repetir en mi cabeza que es solo un compañero más y parece que surte el efecto deseado.

Nos pasamos todo el día trabajando sin parar, haciendo una pausa a la hora de comer. El tiempo ha pasado volando, no puedo negarlo, es gratificante a la vez que reconfortante trabajar con una persona que es prácticamente de tu edad, comprende bastante bien algunos aspectos más modernos de la química y no te mira mal cuando le propones cambios.

Cuando miro el reloj por la tarde, es increíble que sean ya las ocho, aún así, respiro profundamente y sonrío.

—Gracias —le digo.

—¿Por? —inquiere confuso.

—Por hacer este día mucho más fácil —aclaro.

—¿No estás contenta con Pedro?

—No, no, no digo que no esté contenta, sin embargo a veces no valora mis propuestas y tengo que demostrarle que son la mejor opción.

—A ver…, no entiendo lo que me quieres decir.

—Si yo le digo que la combinación que hemos usado hoy me parece más acertada y él tiene otra idea, siempre prevalece la suya porque piensa que él tiene más experiencia y por eso su idea es mejor.

—¿En serio? ¿Y por qué no me lo has dicho antes? —me replica arqueando las cejas molesto.

—No quiero perjudicar a nadie. No digo que se equivoque siempre, solo que casi nunca me tiene en cuenta. Por eso siempre suelo quedarme un poco más, así le demuestro que mis fórmulas son las más acertadas y después se aplican.

—¡Joder! —farfulla entre dientes.

—Señor Torres, no quiero que tome represalias contra él, es un buen hombre, un poco cabezota. No obstante, siempre se trabaja muy bien con él.

—A partir de ahora le asignaré otro puesto y usted y yo trabajaremos juntos.

—¡¿Qué?! —cuestiono perpleja.

Él me mira con intensidad.

—¿Tienes algún problema?

—No, no. Por supuesto que no —me apresuro a decir.

—Pues no se hable más.

Al final creo que ha sido peor el remedio que la enfermedad. Con nuestros caracteres tan fuertes, acabaremos tirándonos los trastos a la cabeza. Y si no, al tiempo.

Capítulo 14

La verdad es que creí que me resultaría difícil trabajar con la pelirroja. cuando Pedro me dijo que estaba enfermo pensé en asignarle a otro trabajador, pero nadie sabe formular y experimentar como él. Así que Alan me propuso hacerlo yo.

—Vamos amigo, tú eres químico. ¿Por qué no trabajas con ella? —me planteó.

—Porque nos tiraríamos los trastos a la cabeza. Nos odiamos a muerte.

—Entonces lo primero que tienes que hacer es firmar la pipa de la paz.

—¿Y cómo hago eso? —cuestiono asombrado.

—Cómprale un café y un donut, verás como al menos empezáis trabajando con cordialidad.

—No me jodas, tío, eso tiene muchas grasas saturadas y cafeína.

—Es su cuerpo, no el tuyo —me rebate.

Quizás Alan tenga razón, no es mi cuerpo y aunque me moleste, yo no puedo hacer nada. Después del ejercicio y del desayuno salgo un momento a una cafetería, estoy tentado a llevarme uno para mí, pero no necesito aumentar más mi estrés, seguro que estar con ella, lo eleva en exceso.

Berta me mira sorprendida cuando se lo entrego, como si no se creyera lo que está pasando, es más, piensa que es una treta para después despedirla y tengo que explicarle que lo de Mara no fue más que un simple error.

La mañana en su compañía es muy grata, nos compenetramos bien, demasiado bien para mi gusto, porque su maldito perfume no deja de colarse de vez en cuando en mis fosas nasales y despistarme, haciéndome pensar en otras cosas que no son nada profesionales.

Y por la tarde, después de comer, es cuando ya estoy perdido. Ha vuelto a perfumarse.

«¡Joder! ¿Será una treta para mantenerme embrujado durante toda la tarde?», me pregunto a mí mismo.

Estoy totalmente seguro, porque de lo contrario no entiendo cómo consigo estar tan embobado mirándola y trabajando tan bien con ella, sin discutir y obedeciendo a todo lo que me dice sin rechistar. Es buena, realmente buena, yo nunca me había rendido así a una mujer. ¿Me estará hechizando?

Intento borrar ese pensamiento de mi mente, no me hace bien. Una vez finalizada la jornada laboral, ella piensa que solo era un día y cuando le confirmo que Pedro estará ausente varios días su semblante cambia. Yo tengo que admitir que tampoco era lo que esperaba, estar a su lado me está matando en más de un sentido.

Así que me marcho de allí y me voy al gimnasio, necesito despejar mis pensamientos acerca de ella. Mientras estoy corriendo, Alan aparece y se coloca a mi lado de la cinta.

—¿Qué tal ha ido el día con tu pelirroja? —plantea con malicia.

—No es «mi pelirroja» y se llama Berta —replico enfadado.

—Vaya, vaya… Detecto cierto tono de hostilidad… ¿Qué ocurre aquí?

—Nada —espeto con sequedad.

—Te conozco casi como si te hubiera parido. Cuando tienes un problema o estás frustrado vienes a correr…

Suspiro, aceptando que no voy a poder engañarle y trato de hacer una maniobra de distracción.

—Esa mujer me exaspera, nada más.

—¿Qué ha hecho ahora?

—Echarse perfume.

—Vaya, ¿ahora también nos vas a prohibir oler bien? ¡Joder, Rubén, se te está yendo la olla por momentos!

—No es eso, creo que me está haciendo algo, es medio bruja o algo por el estilo.

Nada más pronunciar estas palabras me doy cuenta de lo absurdas que suenan, y la sonrisilla de Alan me lo confirma.

—¡Hmm! Detecto que la pelirroja te gusta más de lo que quieres admitir.

—¡No digas gilipolleces! Admito que está bien físicamente, es inteligente y nada más. Pero como mujer no es mi tipo. Es arrogante, engreída y para colmo no se cuida en nada. Tú pudiste comprobar cómo viste, mira cómo se alimenta… ¡Y cómo habla! Por favor… Es mi antítesis. No puedo comprender cómo teniendo un padre tan distinguido y una madre presentadora de televisión ella haya salido así.

—¿Has investigado a su madre? —pregunta con sorpresa mi compañero.

—Bueno…, un poco —admito.

—¡Ja! Te pillé, te gusta.

—¡Ni mucho menos! —niego avergonzado—. Solo lo hice para saber más de su pasado. Tenía que averiguar a qué tipo de mujer nos enfrentábamos. Después de lo de Mara, no quiero arriesgarme a otra loca.

—Ya..., si tú lo dices...

—Vamos, Alan, no voy a liarme con ella, si eso es lo que insinúas —insisto tratando de cortar por lo sano—. Las normas son para todos.

—Eres el jefe, nadie te lo reprocharía.

—¿Qué estás insinuando? —interrogo perplejo.

No puedo creer que me esté planteando lo que creo que está haciendo.

—Mira, Rubén, eres joven, tienes un cuerpo de infarto y eres el jefe. Si te acuestas con «tu pelirroja» —suelta sin ningún tipo de tapujos—, yo al menos no lo veré mal. La gente tiene necesidades, y si no fuera porque tu eres más hetero que Enrique Iglesias ya te habría propuesto algo para que te relajes un poco.

Me quedo mudo. A veces Alan me sorprende, su sinceridad y su falta de timidez para afrontar su sexualidad me dejan sin habla. Yo en cambio admito que no estoy de acuerdo en ese sentido, soy el jefe, no puedo enrollarme con mis subordinados.

—Quizás tú lo veas así, Alan, pero no es fácil. Si mi padre se enterara… Además no creo que a ella le interese.

—¿Y por qué iba a interesarse? Y en relación a Berta, si que ambos estáis de acuerdo…

—No, Alan, las reglas están para cumplirlas. Quedan poco menos de dos meses, no voy a poner en riesgo este proyecto por echar un polvo con una pelirroja desgarbada e insulsa.

Un carraspeo se oye en la sala de ejercicio. Ambos miramos hacia atrás y quiero que la tierra me trague en estos momentos.

¿Qué demonios hace ella en ropa deportiva en la hora de descanso? ¿No le había dicho a Alan que no hacía ejercicio desde que estaba en el instituto? Estos días ha ido avanzando, pero nunca la había visto venir antes de cenar, y tiene que venir justo hoy que estamos hablando de ella.

Sus ojos podrían desintegrarme con la mirada que me ha dirigido, y no la culpo. Si alguien dijera eso de mí me sentiría bastante ofendido, y no es que me considere el hombre más deseado en la faz de la tierra, pero en mis salidas nocturnas tengo bastante éxito con mujeres exuberantes.

—Alan, ¿te importaría ayudarme con la cinta de correr? Soy muy desgarbada e insulsa. Ya sabes… —asegura con malicia.

¡Vale! Me lo tengo merecido. Mi amigo me mira con una sonrisa maligna, se baja de su cinta y corre en su ayuda.

—Claro, preciosa, y para nada eres eso. Eres la pelirroja más guapa que he visto jamás, y si no fuera porque soy rematadamente gay ahora mismo te estaría tirando los tejos.

—Mira que eres adulador…, aunque te lo agradezco. No hay muchos hombres por aquí que piensen eso. También te digo una cosa. La belleza no siempre está en el físico, la mayoría de las veces está en el interior.

—Eso es muy cierto, Berta. Y por lo poco que te conozco eres aún más bella por dentro que por fuera.

Alan se queda a su lado y a mí me deja más tirado que una colilla en plena calle. Lo entiendo, he sido un cretino diciendo esas cosas de ella. Así que termino mi ejercicio y me voy, no sin antes echar la vista atrás, viendo cómo ambos corren a un ritmo lento, como si estuvieran en plena Casa de Campo charlando mientras practican *running*.

Malhumorado, llego a la habitación y me doy cuenta de que todo lo que había ganado durante el día lo he fastidiado por mi maldita bocaza. Lo peor de todo es que mañana tengo que volver a trabajar con ella y creo que esta vez ni una bandeja entera de café con donuts podrán borrar esas estúpidas palabras que han salido de mi boca.

Capítulo 15

Hoy he decidido ir a la sala de entrenamiento a desfogarme un poco, necesitaba quitarme de encima el estrés del día y la verdad es que estoy empezando a cogerle el gustillo a eso de hacer ejercicio. Lo malo es que cuando he llegado y he oído salir de su boca esas palabras, me han dado ganas de pegarle una patada en las pelotas. Sin embargo me he contenido, he decidido que este trabajo me importa y no voy a hacer nada que me suponga perderlo. Así que nada de patadas en la entrepierna. Tampoco pienso quedarme de brazos cruzados mientras ese cretino me humilla, de eso nada. Esto va a ser la guerra.

Para empezar, le he lanzado un par de pullas, y además tengo a Alan de mi parte, de eso estoy segura, cada día estoy más convencida de que su amigo no es tan leal como aparenta ser, porque cuando yo le necesito viene a mí como un perrito faldero. Y al final el león se ha marchado como un gatito asustado del gimnasio.

¡Bien! Triunfo para la pelirroja. A mí nadie me llama desgarbada e insulsa, o al menos no lo hace sin llevarse su merecido. Sí, quizás coma donuts, tome capuchinos, no haga ejercicio pero este no ha conocido a la verdadera Berta Rodríguez. Y a partir de ahora la va a conocer, vaya que sí.

—No le hagas caso… —suelta Alan cuando su amigo ya no está—, es solo que está bastante estresado últimamente.

—Ya me he dado cuenta. Lo que le hace falta es un buen polvo, pero tranquilo, ni en sus mejores sueños seré yo quien le dé ese gusto. No me saltaría las normas de esta empresa, y además, ni aunque me pagara me acostaría con él. Tampoco es que sea mi tipo, tú eres más el mío —le digo en tono de broma, y porque estoy segura que después su secuaz se lo contará.

—Berta…, no seas malvada —dice él sin poder evitar una risa—. Tengo que admitir que si fuera hetero también serías mi tipo y, ahora dale a la cinta y a correr.

Me pone el ejercicio, esta vez programado en modo más rápido. Tal y como ha dicho, ya no ando sino que corro de manera lenta, pero es un avance para mí. En estas semanas me estoy aficionando a esto de la cinta, no voy a negarlo.

«Dale caña, Berta, que al final le haces la competencia al pijo estirado», me digo para animarme.

Tras los quince minutos, salgo del gimnasio, me voy a la ducha y cuando me dirijo al restaurante casi choco con mi peor pesadilla. Iba despistada leyendo un mensaje de mi compañera de piso.

—La próxima vez mira por dónde vas… Y está prohibido el móvil, ya lo sabes —me regaña en tono hostil.

No le hago caso. Como decía una amiga del internado, «habla, chucho, que no te escucho». Sigo mi camino, ignorándole con toda la intención.

Al ver que no he respondido, vuelve a la carga.

—¿Estás sorda? No puedes utilizar el móvil.

Me lo arrebata de las manos y es entonces cuando sale mi vena más chunga, ni me doy cuenta de dónde estoy ni de la gente que hay alrededor.

—¡Mira, puto pijo, estoy hasta la ñaña de las dichosas normas! Solo era un mensaje. Las normas que me mencionaste solo limitaban las llamadas personales y no he respondido al mensaje, solo lo he leído, puedes comprobarlo si quieres, así que después de fisgonearme el móvil cuanto quieras, devuélvemelo si no quieres que me vaya ahora mismo.

Tras un momento de estupor, el pijo me mira con ojos centelleantes, me agarra del brazo y me saca casi a rastras de allí.

—¡Haz el favor de soltarme! —gruño enfadada.

—No hasta llegar a mi despacho. Ahora mismo voy a ordenar que preparen los papeles para tu despido.

—¿Quieres que te denuncie por acoso? —intervengo yo y sus ojos, inyectados en sangre, me miran despiadados pero no me suelta.

¡Genial! No le aguanto más. Sé que estoy tirando mi destino por la borda y llevo tres semanas aquí, así que apenas le debo dinero, pero este tío me saca de mis casillas, no he hecho nada malo.

Abre la puerta, sujetándome aún el brazo. Yo he desistido de oponer resistencia y me obliga a sentarme en la silla.

—Llamaré ahora mismo a mis abogados para que preparen los papeles, ¡me tienes harto! —gruñe fuera de así.

—Perfecto, porque yo tampoco te aguanto. Eres un bruto, un engreído y un dictador…

—Y tú una… —Se frena al ver que he fijado la mirada en unos papeles, esos con el logotipo de la empresa de mi padre.

¿Así que es eso? ¿Estoy aquí por mi padre? Ya sabía yo…

—Termina la frase —digo desafiante, dispuesta a usar esta nueva arma a mi favor—. Vamos, termínala. Mi padre estará encantado de saber lo que opinas de su hija.

—¡No sé de qué me hablas! —suelta exacerbado.

Sin ningún miramiento, me levanto y le quito los papeles, y lo poco que puedo leer antes de que me los vuelva a arrebatar es que la empresa para la que estamos trabajando es la filial madrileña de la empresa que dirige mi padre.

—De esto —digo señalando los papeles—. Así que yo soy solo un peón para tus planes, ¿no? Lo malo es que la pelirroja te ha salido rana, no es la niña sumisa que pensabas, solo soy una simple pieza en tu maléfico plan, ¿no es así?… ¿Dónde quedó lo de ser una maravillosa trabajadora y con un gran talento? Era todo una treta para que no me enterara de que lo único que querías era tenerme contenta para agradar a mi padre, ¿no es así?

—¡No es eso! Te equivocas de lleno —grita fuera de sí.

—Tranquilo, prepara los papeles, a mi papaíto le encantará saber qué tipo de socio tirano y obsesivo tiene, porque son ellos, ¿verdad? Si no me equivoco, la empresa para la que estamos trabajando es la de mi padre.

Su silencio me confirma que lo es, así que voy a jugar mis cartas.

—¡Vamos! ¿A qué esperas? Necesito salir de aquí cuanto antes…

—Nunca te contratamos por tu padre —señala tratando de aparentar seguridad, aunque en sus ojos veo que le estoy poniendo en aprietos.

—Lo dudo mucho, si bien, no pasa nada. Eres un capullo arrogante, un pijo amargado que tiene un palo metido por el culo —le suelto sin tapujos, si me va a echar no voy a dejarme nada dentro—. Estás obsesionado con el control y con la autoridad y así has conseguido que todos tus empleados te desprecien.

—Mide tus palabras, pelirroja —me habla con tono amenazador.

—Lo siento, pero como decía mi difunta abuela, «para lo que me queda en el convento, me cago dentro». —Al ver que no entiende el refrán, o al menos no el significado que yo le quiero dar, con una sonrisa de triunfadora, le espeto—: Voy a salir por esa puerta con la cabeza muy alta porque sé que he hecho un buen trabajo, por mucho que me hayas contratado por interés y no por mis virtudes. Y me quedo muy a gustito diciendo todo lo que opino de ti. Eso sí, te lo advierto, ahora caigo yo, pero ¿quién sabe si mañana no caerás tú? —le espeto tirándome un farol.

No soy una persona vengativa, no voy a llamar a mi padre y no voy a fastidiar este negocio, por muchas que sean las ganas de hacerlo, para qué negarlo. No obstante de él depende no solo su puesto de trabajo —si así fuera no dudaría ni una décima de segundo—, sino también el de todas las personas que trabajan para él y verdaderamente no hay ninguna que me caiga mal. No haría nada que les perjudicara, no soy tan bruja.

—¿Me estás amenazando? —interpela elevando la voz y mirándome fijamente.

—Cree lo que quieras… Yo solo te digo lo que pienso. Tú me estás tratando injustamente, yo te trato con la misma moneda. Ojo por ojo, guapo.

—Todo esto se nos ha ido de las manos —resuelve, al cabo de un rato en el que se ha instaurado el silencio entre los dos.

Solo nuestras miradas se han retado y creo que ambas decían mucho más de lo que las palabras podrían expresar en ese momento. En mi caso, furia, rabia y la decepción de sentirme engañada. Ahora sé por qué no me había despedido aquel día, por qué ha aguantado tantas cosas…

—¿Y? No voy a seguir trabajando para ti, no quiero seguir trabajando para ti —afirmo decidida.

—No puedes irte, Berta. Tienes que entenderlo. Eres vital en este proyecto, y no por tu padre, sino porque, como te dije una vez, tu talento es único —concluye derrotado.

—Entonces, si tan importante soy y de verdad quieres que me quede, ahora soy yo la que pondrá las condiciones.

Su semblante cambia y por un momento me siento poderosa. Sé que no es lo que tenía planeado hace diez minutos, mi destino estaba en sus manos, aunque tenía claro que no iba a quedarme con un tirano como él. Ahora se han cambiado las tornas, y si hay algo que se me da de maravilla es negociar. Al menos con él, porque acaba de admitir que me necesita y, aunque una parte de mí sabe que es porque tiene miedo a que yo le vaya con el cuento a mi padre, creo que dice la verdad cuando afirma que tengo un talento innato.

Capítulo 16

Aún no me puedo creer que hayamos llegado a esta situación. Reconozco que me he pasado cuando la he visto con el móvil, ni siquiera sé en qué estaba pensando, iba sonriendo y quizás incluso me he puesto celoso. Pero su contestación delante de todo el mundo ha estado totalmente fuera de lugar.

La cosa no ha mejorado en mi despacho, ha soltado sapos y culebras por la boca. Es como una barriobajera, no entiendo cómo viniendo de semejante familia ha resultado ser tan deslenguada. Y para colmo de todos mis males, ahora me exige condiciones a cambio de quedarse en la empresa.

¿Qué demonios hago? Ella es vital ahora mismo en el proyecto, y sí, es cierto que la vi como un as que guardar bajo la manga, para que, si fuera necesario, utilizarlo para ganarme a su padre, pero no la contraté por ese motivo, en especial porque desconocía ese detalle hasta que Alan me lo comunicó después.

Ella me mira, esperando una respuesta y yo no tengo ni idea de qué responder.

—No tengo toda la noche —suelta con chulería—, ¿aceptas o no aceptas que me quede? Porque si aceptas que me quede, te expondré mis condiciones.

¡Joder! Me tiene pillado por los huevos, y lo peor de todo es que no quiero que se vaya, no solo a nivel laboral sino porque, aunque me saca de mis casillas, me gusta trabajar con ella y, solo a veces, siento que ambos podríamos congeniar a nivel personal. Si no fuera tan impulsiva como hoy...

Suspiro, derrotado.

—Exponme las condiciones —replico seriamente.

—Quiero un aumento de sueldo. Al menos quinientos euros más al mes.

—Me niego. Cobras mucho más que cualquier trabajador de esta empresa. Te dije que tenías talento, eso sí, no eres una diosa...

—Quiero un donut y un capuchino todas las mañanas.

—Eso tampoco es posible. Los desayunos son iguales para todos los trabajadores, no puedo hacer distinciones ante nadie, y lo sabes. La gente lo vería como un trato de favor y empezarían a sublevarse.

—Quiero trabajar sola.

—Tampoco es factible. ¿Vas a pedir algo coherente, o solo pretendes seguir tocándome los cojones? —inquiero fuera de mí.

Estoy cansado, me llama pijo estirado y ahora, ¿quién es la pija? Porque todo lo que está pidiendo no está dentro de los límites de esta empresa y ya hice el cambio con Pedro, no voy a volver a reorganizar el equipo.

—Está bien…, en el tema del dinero, quizás pueda aceptar mi salario si me perdonas el adelanto.

¡Será sinvergüenza! Es casi lo mismo. Si trabaja tres meses aquí es aún más dinero de lo que me está pidiendo. Cierro los puños y suelto un largo suspiro, intentando ahogar mi enfado.

—Bien, pero… —le digo— lo del desayuno es irrefutable.

—Perfecto, pero sí puedes hacerme traer un donut y un capuchino a media mañana, como hiciste el otro día.

—¿Todos los días? ¿Estás loca, mujer? No puedo ausentarme todos los días para comprar tus antojos.

—Tienes a tu secuaz —señala encogiéndose de hombros.

Vuelvo cerrar los puños con más fuerza, creo que incluso voy a partirme los dedos de un momento a otro. Y tragándome mi dignidad, asiento.

—Acepto las dos primeras, lo que no es negociable es lo de trabajar sola. Reorganicé el equipo porque no querías trabajar con Pedro, no voy a volverlo a cambiar. Tendrás que aguantarme.

Su mirada colérica me dice que no está muy de acuerdo con esa determinación, pero yo tampoco lo estoy con sus dos imposiciones primeras. Volvemos a un cruce de miradas y al final de unos segundos ella comenta:

—Acepto.

—Entonces no se hable más, aunque tendrás que ir al restaurante y pedirme perdón por llamarme pijo estirado.

—¡¿Qué?! ¡Ni loca!

—¿Quieres que todo el mundo piense que te mantengo en la empresa aun no respetándome?

—Ese es tu problema, no el mío. Te has pasado de autoritario, desde el principio has hecho cosas que podrían costarte una inspección como mínimo. Me has despertado por las mañanas soltándome jarros de agua fría colándote en mi habitación, me has restringido la dieta y me has vejado y despreciado en público y en privado llamándome de todo, porque te oí perfectamente en el gimnasio. Pues muy bien, aquí tienes las consecuencias de tus actos.

—Entonces no hay trato —apunto intentando pelear por algo de terreno. Es un farol, sé que al final va a ser la ganadora de esta batalla, lo que no voy a permitir es que me humille delante de todo el mundo.

De nuevo nuestro cruce de miradas, esas que destruirían incluso un rascacielos con su fuerza destructiva; yo me mantengo firme, incluso podría haber cedido en el tema de no trabajar con ella, sin embargo quiero seguir haciéndolo. La verdad es que disfruto, y puede que también lo haga con estos enfrentamientos.

—Está bien. Te pediré disculpas —concluye al fin—. ¿Qué quiere el señor que le diga? —propone con una sonrisa cínica que me saca de quicio.

Se ha levantado de la silla y está abriendo la puerta de mi despacho, creo que no va a hacer lo que le he pedido y juro por Dios que esta situación está sacando lo peor de mí. No es la situación, es ella. ¡Ella saca lo peor de mí! A veces ni yo mismo me reconozco.

Me acerco rápidamente y cierro la puerta antes de que salga, la acorralo y me quedo a escasos cinco centímetros. No soy consciente de su cercanía hasta que ya es demasiado tarde, su olor y su penetrante mirada de ojos verdes me desconciertan y por un momento no soy capaz de articular palabra, hasta que es mi propia voz en mi mente la que me hace reaccionar.

«¡Espabila, *alelao*!».

—Vas a hacer el favor de pedirme disculpas y decir que nunca más vas a insultarme, que solo lo has hecho porque tenías un mal día. ¿Me has entendido? —le replico con decisión, pese a lo que nuestra cercanía está provocando en mi cuerpo.

Ella no dice nada, está nerviosa, creo que por una vez se siente intimidada y soy consciente que si alguien me viera, podría considerarlo como acoso así que de inmediato y tras ese brote de locura transitoria, la dejo salir, no sin antes decirle:

—Lo siento.

Aunque no estoy seguro de que me haya oído, porque ha salido de allí despavorida.

¡Joder! Me he acabado de cubrir de gloria.

«Más tonto y no nazco», me digo a mí mismo.

Y es que, si se le ocurre decir a alguien lo que ha pasado, desde luego bien podría considerarse lo que he pensado en un principio. Esta mujer va a acabar conmigo en todos los sentidos.

La jugada me ha salido casi como yo esperaba, salvo por una cosa: no esperaba que fuera a decirme que tenía que pedirle perdón delante de todo el mundo, y menos que fuera a acorralarme en la puerta de su despacho. Cualquier mujer se sentiría acosada, pero yo no he actuado, ¿y por qué?

Porque al notar su cuerpo cerca del mío, he sentido como una atracción que nunca antes había sentido hacia él. ¡No! No quiero que me ocurra esto y odio a mi cuerpo y a mi mente por rebelarse así, de ahí que no haya reaccionado. En contra de lo que ahora mismo pienso, al estar tan cerca de él, no he sentido miedo, sino deseo…

¡No quiero ni debo sentir algo así, no es ni ético ni profesional! Por eso en cuanto ha abierto la puerta he huido despavorida, necesitaba escapar de esos sentimientos que me estaban perturbando.

Llego al restaurante y todo el mundo me mira expectante, creo que no se esperaban para nada que yo me encontrara allí. Al cabo de cinco minutos aparece el pijo estirado y antes de nada, me subo a una silla. Debo hacerlo, así que mejor será que lo haga de la forma más parecida a un anuncio formal, y qué mejor manera que sobre una tarima. Pero como no hay, usaré la silla.

—Señor Torres, quería pedirle perdón públicamente por haberle llamado pijo estirado —digo con solemnidad. Entrecierra los ojos, de nuevo enojado, y se oye algún que otro murmullo sin llegar a ser risas—. Me enfadé porque me arrebató el móvil, aunque tal y como hemos debatido en su despacho, no intentaba sabotear su empresa ni robar información, se trataba de un mensaje de una amiga. Ya me ha quedado claro que los mensajes personales solamente están permitidos en horas de descanso y de manera limitada. Públicamente le pido perdón y le aseguro que esto no se volverá a repetir.

Me bajo de la silla y todos me aplauden. De nuevo él no parece contento, sin embargo yo he hecho lo que me ha pedido. Alan se acerca a mí, intentando averiguar algo sobre lo sucedido en el despacho y aunque me parece un buen tipo, hoy no necesito compañía.

—Berta, ¿todo bien?

—Alan, lo siento, no me encuentro con fuerzas… —le respondo sin dar más explicaciones.

Entiende a la perfección mi respuesta, así que me siento en una mesa a solas. El restaurante está empezando a vaciarse y ceno rápido con el afán de no coincidir con mi jefe y su secuaz, que hablan y cuchichean, pues no hacen más que dirigir sus miradas hacia mí.

En cuanto termino me voy a la cama e intento quedarme dormida pero tardo horas en conciliar el sueño. Todo lo sucedido y sobre todo lo que sentí a su lado ha trastocado un poco mi cabeza, así que antes de que suene la alarma ya estoy activa, me pongo las mallas y un top y cuál es mi sorpresa cuando al entrar en el gimnasio mi peor pesadilla ya está en la cinta y, por lo que veo en su ropa y su rostro, yo diría que lleva al menos media hora corriendo.

Dudo por un momento si darme la vuelta o no, pero no me voy a amedrentar por un hombre como él, no lo he hecho desde que llevo aquí, no voy a hacerlo ahora. Voy a demostrarle que lo de ayer no tuvo importancia.

—Buenos días —saludo decididamente al entrar.

—Buenos días, señorita Rodríguez —responde él con mucha educación.

Me sitúo en la máquina más alejada a él. La programo como me ha enseñado Alan y comienzo mi rutina. Ninguno de los dos dice ni hace nada más, yo me concentro en mi ejercicio y en la música que estoy escuchando. Me encanta la música latina y ella me ayuda a que mi ritmo sea constante. Alan llega a los diez minutos, nos mira a ambos y sonríe. Supongo que la imagen es digna de ver y además, seguro que su queridísimo amigo y jefe le habrá puesto al día.

Después de media hora corriendo, doy por concluida mi sesión de cinta, me voy a la bici de *spinning* y Alan se acerca a mí.

—¿Una noche complicada?

—Digamos que voy a quemar las calorías que luego voy a comerme… —le contesto con chulería.

—Sí, ya me han informado de ello. Me parece bien. ¿Quieres que te ponga una clase interactiva, o simplemente vas a rodar un poco? —me pregunta con una sonrisa traviesa.

—Solo rodaré un poco, tranquilo.

Me pongo los cascos y sigo con mi música. Al cabo de un rato empieza a llegar la gente, ni me había dado cuenta de que ya son las ocho. Tras media hora en la bici, hago los estiramientos que Alan me enseñó, esta vez sin su ayuda y cuando voy a marcharme él me intercepta.

—Recuerda que soy tu amigo, no tu enemigo… Puedes hablar conmigo de cualquier cosa.

—Gracias, Alan, de verdad, pero por el momento no tengo nada que contarte. Además, seguro que ya tienes la versión de tu amigo y amado jefe.

—No me gusta quedarme solo con una versión, Berta —insiste él, pasando por alto la acidez de mis últimas palabras.

—Por el momento, es la que tendrás —le respondo, y me marcho tratando de no dejarme afectar por la desilusión que he visto en sus ojos antes de girarme.

Sé que Alan no es mala persona, me cae bien, aunque no sé si puedo confiar en él, así que creo que voy a mantener un poco las distancias.

Tras darme una ducha relajante, espero pacientemente en mi habitación, me tumbo en la cama y el sueño me sobrecoge, pero esta vez he sido precavida y he programado la alarma, así que a las nueve menos cinco me sobresalto y me levanto despavorida con el sonido del despertador. Menos mal que me había vestido, así que a las nueve en punto estoy en el buffet, devorando mi habitual desayuno. No es que me atraiga, aunque creo que me estoy transformando en un perro que engulle la misma comida día tras día por necesidad. En cuanto termino salgo rápidamente del restaurante, pero esta vez en dirección al que es mi lugar de trabajo.

Necesito estar al menos un rato a solas, sin su presencia, y concentrarme en mi trabajo, aunque la calma me dura poco. No sé si tiene un radar o simplemente me persigue como las moscas a la caca.

El caso es que cuando me ve su gesto se tuerce y aunque parece que va a decir algo, después se sienta en su lugar habitual de trabajo y comienza con sus tareas.

Durante casi una hora y media, ambos apenas levantamos la vista de nuestros quehaceres, hasta que Alan aparece, servicial con mi capuchino y mi donut.

—Una delicia para la chica más dulce de esta oficina —indica con buen humor. Sé que intenta ser conciliador y me permito regalarle una sonrisa.

—Te recuerdo que soy la única chica.

—Tienes razón, aún así no por eso dejas de ser dulce, recuérdalo. ¡Qué lo disfrutes! Buena mañana.

Debido a que he ido a trabajar casi media hora antes, ni siquiera le pido permiso, degusto tranquilamente mi donut y cuando lo termino, como la vez anterior, me tomo el café sin ninguna prisa ante su atenta mirada.

—¿Te molesta? —le pregunto después de cinco minutos escuchándole golpear el bolígrafo contra la mesa.

—Llevas mucho tiempo perdido.

—¿Quieres que te recuerde a que hora he llegado aquí?

De nuevo se instaura el silencio entre los dos, no contesta porque sabe que tengo razón y cuando termino, me dedica una mirada iracunda, porque esta vez no he ido a lavarme las manos después de chuperretearlas como en la anterior ocasión. Sé que no es ético, en realidad le estoy provocando. ¡Me la suda!

Quizás esté jugando con fuego, pero es emocionante. Creo que empieza a gustarme.

«Cuidadito con eso…», me recuerda mi conciencia.

Capítulo 18

Esta mujer va a acabar conmigo. Su forma de contestarme de manera desafiante, la manera en que se ha comido el donut, como si fuera el mejor manjar que ha probado en toda su vida… ¡Conseguirá volverme rematadamente loco! Lo presiento.

Intento centrarme en el trabajo y entonces, de pronto, recibo la visita inesperada de mi madre acompañada de mi fiel escudero Alan, que ni se ha molestado en avisarme.

—Hola, cielo… siento no haberte avisado pero me he escapado un ratito para venir a verte, ya que tú pareces muy ocupado para sacar un poco de tiempo para tu madre—me reprocha, y no le falta razón.

Últimamente apenas hablamos y reconozco que no la he llamado esta pasada semana como es habitual en mí. Todo es culpa de la maldita pelirroja, que en ese momento levanta la vista de su trabajo y dibuja una bonita y a la vez falsa sonrisa, o al menos a mí me lo parece.

—Madre, vayamos a mi despacho, aunque solo puedo dedicarte unos minutos…, tenemos mucho trabajo.

—Vaya, Rubén, hijo, ¿no vas a presentarme a esta joven y guapa compañera? No seas descortés, creo que te he enseñado siempre a tener buenos modales… —me espeta.

Intento poner buena cara ante la atenta mirada de la pelirroja.

—Tranquila, señora —Se adelanta ella—. Soy Berta Rodríguez, encanta de conocerla.

—Yo soy María Begoña, la madre de este desastre de hijo. Y no me llames señora, por favor. Sé que soy mayor, aunque llamándome de tú, me parece que soy un poco más joven, concédeme ese placer… —dice mi madre sonriendo con simpatía.

—Por supuesto, María Begoña, como desees —señala la pelirroja devolviéndole el gesto. Parecen haberse caído bien y aunque eso me desespera, yo intento parecer cordial.

¡Será pelota, la tía! Cuando quiere, bien sabe hacer la rosca. ¿Y a mí qué? Para mí solo hay desprecios, malas caras y enfados.

«Deberías haber empezado con buen pie, mira a tu madre, aprende un poco de ella, ¡tolay!», me recuerdo a mí mismo.

—Madre, ¿nos vamos? —intervengo porque aunque no hablan ambas se miran con cordialidad.

—Claro, hijo...

Al llegar al despacho, le aparto la silla y la ayudo a acomodarse. No es que lo necesite, es una costumbre, siempre he sido un caballero en lo que se refiere a las mujeres de mi familia y a nuestras grandes amistades, así me han educado en mi familia.

—Que chica más guapa..., además parece muy maja. ¡Me gusta!

—Madre..., no empecemos...

—Rubén, hijo, tienes casi treinta años. Tu padre te ha dado una oportunidad de dirigir este proyecto y entiendo que no quieras fallarle, no obstante creo que estás olvidándote de tu vida personal. Y me preocupa... No sales de aquí, no tienes relaciones y lo último es olvidarte de tu hermana y de mí...

—Lo siento, no ha sido una buena semana, prometo estar más pendiente de vosotras, necesito demostraros a todos que valgo para esto. Sobre todo a mi padre.

—A mí no tienes nada que demostrarme, sé que tienes un don. Y hazme caso, no te centres solo en el trabajo. Vive, hijo. Y como te he dicho, esa chica…

—¡Madre! Por favor.

—Yo solo digo que es preciosa. Y parece muy educada.

«Si yo te contara», pienso.

—Sí madre…, te olvidas de una cosa: trabaja para mí…

—¿Y eso qué tiene que ver? ¿Acaso no puedes salir con alguien del trabajo?

—No, es una norma que he impuesto a mis trabajadores, no sería ético que yo la incumpliera, ¿no crees? —le planteo algo molesto.

—¡Tonterías! Normas y normas… Eres igual que tu padre. ¿Pretendes ser igual que él, o mejor que él? Porque yo no te eduqué para ser un hombre estricto y recto como es tu padre, al paso que vas serás igual de aburrido que él…

Su confesión me deja sin palabras. Es la primera vez que escucho a mi madre quejarse de mi padre. Siempre le ha alabado y ahora le llama aburrido.

—Madre, ¿ha pasado algo? ¿Todo va bien entre vosotros?

—Tranquilo, querido, nuestra relación va bien, lo único es que tu padre se ha vuelto adicto al trabajo y tú estás igual de obsesionado que él. Tienes veintinueve años, hijo, no quiero que eches a perder tu vida. Disfruta. No tienes que demostrarle nada ni a él ni a nadie. Hazme caso, vive.

Sus palabras me dejan pensativo unos momentos y finalmente, asiento.

—Lo intentaré —digo con sinceridad—. Ahora, madre, tengo que seguir trabajando. Juro que el sábado iré a comer con vosotros.

—Más te vale, o prometo venir a buscarte y llevarte a rastras...

Sonrío, mi madre es capaz. Me da un tierno beso en la mejilla y vuelvo al trabajo. La jornada transcurre con normalidad, aunque es cierto que la interacción entre Berta y yo es nula; sé que debo disculparme por lo ocurrido ayer. Así que me armo de valor y antes de ir a comer, esta vez sin acorralarla, me acerco a su silla y le pregunto:

—Señorita Rodríguez, ¿tiene un minuto? —Y cierro la puerta. Ella se tensa.

Creo que no ha sido buena idea, pues su cara ahora mismo, entre la indignación y el terror, me está diciendo que en cualquier momento va a gritar o a golpearme con el primer aparato que se encuentre en su camino, así que me apresuro a hablar sin darle oportunidad para que haga no ningún movimiento brusco.

—Siento lo que pasó ayer… —explico por fin.

—¿A qué te refieres en concreto? ¿A lo del móvil, a hacerme quedar en ridículo o a que me acosaras?

Cierro un segundo los ojos para armarme de valor y recordar lo que mi madre me ha dicho: «parece muy educada».

¡Debería grabarla para que viera el tipo de mujer que es en realidad!

—Creo que con las dos primeras has conseguido una suculenta recompensa… Así que mi disculpa es por la última. Me extralimité, y te pido disculpas. A veces sacas lo peor de mí, por eso y a partir de ahora te pido una tregua. Ambos podemos trabajar muy bien juntos si nos respetamos. ¿Estás dispuesta? Yo me comprometo a partir de ahora a poner todo de mi parte, te pido por favor que lo intentes, ¿no has sacado ya suficiente partido a todo esto? —le pregunto, agotado de esta situación.

Ella parece pensárselo unos segundos.

—Está bien. Acepto, siempre y cuando sigan vigentes los términos del acuerdo de ayer.

—Por supuesto, soy un hombre de palabra.

—Entonces que así sea.

Extiende su mano y cuando ambos sellamos el pacto, tengo que separarme rápidamente porque su contacto me quema. Ahora sé con toda seguridad que ella es un imán para mí y esto no saldrá bien. Porque nos hemos quedado mirándonos y, no sé por qué, me ha parecido que los dos hemos sentido esa conexión.

¡Quizás sean imaginaciones mías!

Capítulo 19

Han pasado varias semanas y, en contra de todo pronóstico, parece que nuestro pacto no va mal. Trabajamos coordinados, de vez en cuando disentimos en algunas cosas sin que la sangre nunca llega al río. Siempre tengo mi donut y mi capuchino disponibles a media mañana e incluso me he acostumbrado a despertarme antes del horario establecido y a ir media hora antes al gimnasio, aunque siempre me encuentro a «Don Perfecto». He decidido cambiarle el mote, ya no es tan estirado y aunque sigue siendo bastante pijo, trabajando con él me he dado cuenta de que es muy perfeccionista en todo. Le gusta que todo transcurra con suma precisión, y no es que yo sea un desastre, para el trabajo soy bastante meticulosa, pero él lo es en todo.

Durante las estancias en el buffet me he fijado en sus hábitos: es como un robot, metódico y rutinario. Come prácticamente lo mismo y repite el mismo ritual en la mesa. Coloca primero los cubiertos, la servilleta, el vaso con el agua… y cuando tiene todo listo, acude a coger la comida: zumo y fruta en el desayuno, ensalada, carne o pescado a la plancha con fruta de postre y dependiendo de lo que haya tomado en la comida, así es su cena, también a base de una ensalada y algo a la plancha con un yogur.

Tengo que reconocer que es un triste en lo que se refiere a la comida. Nunca varía ni se permite el lujo de comer una pasta o algo más consistente, no sé ni cómo mantiene ese cuerpo. ¿Tomará algún tipo de sustancia como hacen los culturistas? A su favor diré que hace mucho deporte, pero su alimentación es bastante escasa.

Ahora sale los sábados, imagino que para pasarlos con la familia, cosa que agradezco. Al menos el personal parece más comunicativo y agradable a la hora de la comida. Alan pasa los fines de semana conmigo, cosa que no me molesta. Es buena persona y pese a que no termino de abrirle del todo mi corazón, ahora vuelvo de nuevo a confiar en él después del último incidente con Don Perfecto.

Hoy el día transcurre normal, después de comer, me siento un poco cansada, quizás sea el agotamiento de la semana. Llevo días sintiéndome un poco adormilada y, aunque descanso bien, los ojos me escuecen y siento un agotamiento bastante espeso, inusual en mí. Si al menos hubiera máquina de café, podría tomarme uno solo largo y me daría un subidón para pasar la tarde, pero no hago más que bostezar y Don Perfecto me mira hastiado.

—¿Te encuentras bien? —me pregunta depués del cuarto o quinto bostezo seguido.

—Lo siento…, hoy llevo todo el día muy cansada. Deberías plantearte la máquina de café. Nos vendría bien a todos…

—No es negociable —replica de inmediato.

¡Cachis! Debí haberlo previsto cuando le hice chantaje, no lo pensé ni por un momento.

—Creo que estás siendo injusto, que a ti no te guste el café no significa que el resto de los mortales tengamos que ser como tú por obligación —le rebato con tranquilidad, intentando hacerle razonar.

—El café es adictivo y provoca que la gente se altere.

—Sí, no obstante, también tiene muchos beneficios: es antioxidante, ayuda a quemar grasas, mejora el rendimiento físico, previene enfermedades… ¿sigo?

—No, no me hace falta. A mí me pone nervioso —replica sin ganas de negociar.

Nada, que no hay manera. Sigue siendo un cabeza dura.

De nuevo vuelvo a bostezar. Don Perfecto mira la hora y me dice:

—Puedes irte, queda media hora de jornada y siempre vienes temprano. Total, vas a seguir dándome una charla sobre los beneficios del café e intentando convencerme para que ponga una máquina y no voy a hacerlo. Con lo que mejor vete y descansa, pero no te quiero ver por el gimnasio hoy.

—Creo que por una vez, voy a hacerte caso. Voy a acostarme un rato.

Suelta una sonora carcajada que hasta me sorprende. Es la verdad, no me veo con fuerzas para ir al gimnasio como otras tardes, estoy tan agotada y tengo la vista tan cansada que lo único que ahora mismo me apetece es acostarme y eso es lo que hago. Incluso me pongo el pijama para estar más cómoda, porque tengo clara una cosa: como coja el sueño profundo no voy a ir ni cenar…

En cuanto me meto en la cama me quedo dormida y descanso profundamente, sin sueños que me perturben. Cuando al fin me despierto y miro el reloj, son las tres de la mañana y tengo un hambre atroz.

¡Mierda! ¿Y ahora qué demonios hago? Mi estómago ruge como si tuviera un león dentro. Y es que a la hora de comer apenas he probado bocado, estaba inapetente, pero ahora mismo sería capaz de devorar una vaca entera…

En otra situación, saldría y buscaría uno de esos lugares de comida basura que abren veinticuatro horas en Madrid, lo malo es que he prometido ser sensata y portarme bien, así que cojo una bata que no me cubre mucho más que los muslos y el pijama que hoy me he puesto, algo bastante corto porque tras la ducha tenía calor. Me armo de valor y me dirijo a la habitación de Don Perfecto. Puede que me mate allí mismo, por la hora que es, mas yo necesito comer algo y solo él puede proporcionarme la solución a este problema, o bien puede ir a la cocina del restaurante para ver si queda algo de la cena o bien salir a la calle y buscarme algo de comer, porque si ahora mismo no como nada, juro que me va a dar algo.

Inspiro y expiro un par de veces armándome de valor y doy un par de toques en la puerta; espero pacientemente pero no obtengo respuesta. Golpeo un poco más fuerte, no quiero ser muy brusca porque no son horas y cuando voy a desistir y marcharme para buscar una solución yo sola, Don Perfecto abre la puerta. Parece cansado y me mira, perplejo, entre adormilado y sorprendido.

—Ya puede ser importante para que me despiertes a las tres de la madrugada… —replica con hastío.

—¿Que me muera de hambre te parece un buen motivo?

Suelta un suspiro exasperado y me hace pasar.

—¿Acaso tienes comida aquí?

—No, pero voy a vestirme, espérame aquí. Iré a buscarte algo —contesta turbado.

—¿Puede ser una hamburguesa con todos, todos los extras? —le planteo con una de mis mejores sonrisas.

—¿Algo más?

—¿Y un refresco de cola? A poder ser que no sea *light* ni cero…

Mueve la cabeza, creo que estoy empezando a enfadarle. Me he quedado en el saloncito que tiene la pedazo de habitación de Don Perfecto, que a simple vista, está exageradamente ordenada y en menos de cinco minutos sale con ropa deportiva.

—No prometo nada… Espera aquí, ¿de acuerdo? Y no toques nada —me dice con la mirada desafiante.

—Tranquilo…, ¿la tele al menos sí puedo verla?

—Sí, en el dormitorio, pero no la pongas muy alta.

—Perfecto.

Sale de la habitación y apenas golpea la puerta, si cuando digo yo que es Don Perfecto, por algo será. Me dirijo al dormitorio y me pongo cómoda en su cama a ver la tele, haciendo *zapping* mientras espero a que me traiga la comida.

¡Espero por mi bien que no tarde mucho o se me hará un agujero en el estómago!

Tengo que admitir que mi relación con la pelirroja ha mejorado considerablemente, incluso hoy he dejado que se marche antes tras nuestro debate acerca del café para que descanse. Realmente parecía cansada, lleva unos días con cara de agotamiento y cuando a la hora de la cena no se ha presentado, me he preocupado. Después de que todo el mundo terminara me he presentado con algo de cena en su habitación. He llamado varias veces y no me ha abierto, así que he utilizado mi llave del servicio y he entrado. La visión que me ha ofrecido ha sido de infarto.

Estaba plácidamente dormida, pero con un mini pijama que tapaba menos incluso que la toalla con la que la conocí, sus nalgas estaban al descubierto y sus pezones aunque estaban cubiertos, se marcaban bajo la fina tela. He tenido que sujetar firmemente el plato para no soltarlo.

¡Casi me da algo! ¿Se puede dormir así?

«Evidentemente sí, es su habitación», me respondo de inmediato.

Pero a mí se me ha parado el corazón al verla de esa manera tan sexy. Casi había logrado borrarla de mi mente, al menos durante el día, porque en mis sueños es otro cantar y, ahora mismo no sé si conseguiré olvidar esa imagen. Su cara parece relajada y por un momento la observo. No puedo despertarla, sería cruel por mi parte. La tapo con la colcha y salgo de la habitación con el filete. Podría dejárselo pero si ya de por sí está como una suela de zapato, cuando se despierte estará incomible. Lo llevo de nuevo al restaurante, pues aún están recogiendo, y me voy a mi habitación.

Tengo que hacer verdaderos esfuerzos para apartar de mi mente la imagen que he visto y por mucho que intento conciliar el sueño, me cuesta horas hacerlo, no puedo borrarla de mi mente. Cuando por fin lo consigo, comienzo a escuchar unos golpes, apenas son perceptibles y aún en un estado de adormecimiento, creo que pueden ser producto de mi imaginación. Aunque de nuevo vuelvo a escucharlo y es entonces cuando me despierto. Me ha parecido que llamaban a la puerta.

Me levanto con desgana y abro, al ver a la pelirroja allí parada, vestida solo con un batín muy corto y diría que con el pijama con el que estaba durmiendo cuando entré en su habitación, me despierto por completo.

Ni siquiera sé qué hace aquí a estas horas de la noche; cuando he mirado el reloj por encima me ha parecido ver que eran más de las tres de la mañana. Me dice que tiene hambre y tengo dos opciones: entrar de nuevo en una batalla con ella como hace no tanto tiempo o ceder a sus deseos. Por una vez, y sin que sirva de precedente, voy a complacerla. Aunque sus exigencias consiguen sacarme de quicio.

Me pongo algo de ropa cómoda y busco en el móvil algún local de comida basura que pueda estar abierto a estas horas. Según el buscador de internet, hay uno a veinte kilómetros. Menos mal que a estas horas no hay mucho tráfico en Madrid, aún así tardo casi cuarenta y cinco minutos entre ir y venir.

Al final le he comprado una hamburguesa, patatas fritas, su bebida y una ensalada y agua para mí. Tengo que reconocer que la espera y el olor a comida me han dado hambre. He estado tentado de comprarme una hamburguesa; eso sí, al final me he mantenido firme en mis convicciones; demasiado me ceba mi madre cuando voy a su casa como para caer en más tentaciones innecesarias.

Cuando regreso, abro la puerta de la habitación y la televisión esta puesta, algo alta para mi gusto. Al entrar la veo de nuevo dormida, esta vez en mi cama. Miles de imágenes e ideas se agolpan en mi cabeza, ninguna buena, desde luego. Pero las desecho enseguida.

La despierto con un suave roce en el hombro y ella se sobresalta.

—Lo... lo siento —expone azorada.

—Tranquila, me costó dar con una hamburguesería abierta, pero al final lo conseguí.

Ella me mira con admiración y por un momento todo mi mundo se detiene, ¡soy su héroe!

«Tampoco vayas tan de subido...».

Es cierto, no me ha dicho nada, pero sus ojos me lo han dicho todo y se ha quedado mirándome con ganas de decir algo, pero al final no se ha atrevido.

—¿Cenamos? —le pregunto al fin.

—Claro...

Dispongo todo en la mesa del saloncito y ella se sienta en uno de los dos sillones, con las piernas cruzadas.

—¿No hace calor aquí? —me pregunta.

—No, pero si quieres pongo el aire acondicionando.

—No, tranquilo, me quito la bata…, si no te molesta…

Molestar, molestar, no me molesta. Pero así no va a haber quien se concentre en comer. ¿Esta mujer no se da cuenta que está medio desnuda? ¿Que soy un hombre y que ella está demasiado buena?

«Después de lo que dijiste de ella, puede que piense que no la consideras nada atractiva», me recuerdo.

Comienza a comer mientras yo la miro; no se corta en dar grandes bocados. Realmente tenía hambre. Al cabo de un rato, con la boca llena, me pregunta:

—¿Pasa algo?

—No, no… Tranquila. Ya veo que tenías hambre.

—Mucho… Además está de muerteeee…

—Me alegro —le contesto mientras comienzo la ensalada.

—¿Quieres probarla? —me ofrece al fin.

—No, claro que no.

—Vamos, no seas tonto, un mordisquito. Sé que no sueles probar la comida basura, pero solo un mordisco, seguro que cambiarás de idea.

Ella insiste y cuando se inclina hacia mí puedo ver parte de su escote. Pese a que no soy ningún mirón salido, algo en mí me incita a desviar la vista hacia esas curvas sugerentes que se insinúan ahí dentro.

—Vamos... —me reitera una última vez y me parece descortés no hacerlo.

Mientras doy un mordisco me fijo de nuevo en sus pequeños pechos y joder, no sé si es por lo que veo o el sabor de la hamburguesa, emito un pequeño gemido sin darme cuenta.

—¡Te ha gustado! Te lo dije... —suelta con cara de satisfacción.

Yo asiento, aunque tengo mis dudas sobre si es ella o la hamburguesa lo que me está encantando.

—Vamos, da otro mordisco. El último...

—No, en serio...

—Vamos, no seas tonto, te lo mereces por ir a buscármelo a estas horas... En el fondo no vas a ser tan mala persona como pensé... Va a tener razón tu secuaz.

De nuevo arranco otro trozo con los dientes, repitiendo la acción, y cuando termino estoy más que excitado. Todo mi cuerpo me pide besarla. Además, se ha manchado un poco la cara de kétchup. Pero mi sensatez prevalece, al final lo único que hago es coger una servilleta y limpiarle la cara.

Ella me regala una bonita sonrisa y cuando termina de comerse la hamburguesa comienza con las patatas de manera más tranquila. Yo pincho sin ganas la ensalada. Tengo que admitir que no me apetece comer. Bueno, sí, me la comería a ella pero no es una buena decisión. ¡Tengo que dejar de pensar en estas cosas!

—Ahora que has probado la hamburguesa, te arrepientes de haberte comprado una ensalada, ¿no es cierto? —me pregunta al ver que jugueteo con ella.

—Exacto —le respondo de manera escueta.

—¿Y no te apetece alguna patata? —me plantea con una bonita sonrisa.

—No, tranquila. Yo ya cené, compré la ensalada por hacerte compañía.

Termina las patatas, me ayuda a recoger y me sonríe.

—Gracias por lo de esta noche, de verdad —apunta de manera sincera en el quicio de la puerta.

—De nada, ha sido un placer compartir un rato sin tirarnos los trastos a la cabeza aunque sea a las cuatro y pico de la mañana —afirmo sonriendo a medias con un poco de guasa.

—Sí, tienes razón, la hora es un poco atípica. Lo siento —se disculpa aunque sin perder la sonrisa.

Parece feliz y por un momento quiero pensar que el causante de su felicidad soy yo, y no la enorme hamburguesa que acaba de comerse.

Antes de marcharse, me percato de que tiene salsa de tomate en el pelo y la sujeto con suavidad del brazo.

—Espera…

Le tomo el pelo con cuidado, retiro la mancha con mis dedos y después le coloco el mechón detrás de la oreja. Ambos nos quedamos mirando fijamente a los ojos. Creo que ha sido un gesto bastante íntimo y no sé si ha sido excesivo, ha sido sin maldad.

Ella fuerza la sonrisa, abre la puerta y se despide con cortesía, poniendo distancia entre los dos y rompiendo la intimidad que se había creado.

—Gracias de nuevo, señor Torres. Que descanse.

—Buenas noches a ti también, Berta —le contesto yo.

Creo que después de lo sucedido, ella lo ha hecho para evitar sentir lo que ese contacto le ha provocado. Y estoy seguro de que ha sido lo mismo que a mí: deseo, excitación y ganas de algo más.

Capítulo 21

He salido despavorida de la habitación de Don Perfecto, esa caricia me ha hecho sentir algo más y no quiero dejarme llevar, he visto deseo en sus ojos y, para ser sincera conmigo misma, yo estaba bastante desinhibida. No sé qué me ha pasado, por primera vez me sentía bien a su lado, demasiado bien, y si hubiera permanecido unos minutos más allí, creo que habría cometido el mayor error de toda mi vida. Doy gracias a que al final la sensatez, o más bien mi conciencia, ha estado acertada. Me voy a la habitación, me acuesto y aunque doy vueltas al asunto, el agotamiento hace su parte y no me cuesta quedarme dormida, contra todo pronóstico.

A la mañana siguiente, me levanto como si me hubiera atropellado una locomotora, o el tren entero. Así que decido no ir media hora antes al gimnasio, sino en el horario normal. Alan y Don Perfecto me miran extrañados cuando me ven entrar.

—Buenos días, ¿hoy se te pegaron las sábanas? —me pregunta Alan con malicia.

—No, pero llevo unos días cansada, no sé que me pasa…

Se acerca de inmediato y me pone la mano en la frente…

—No tienes fiebre, aunque quizás sea algo vírico. A lo mejor deberías acudir al centro de salud para que te echaran un ojo.

—Tonterías…, seguramente sea cansancio.

Don Perfecto me mira algo inquieto.

—Si sigues así a lo largo de la mañana, yo mismo te acompañaré al centro de salud. A lo mejor hoy deberías dejar el ejercicio y descansar…

—No pasa nada… Estoy bien, en serio —insisto, un poco agobiada por tanta preocupación.

—Alan, díselo tú… —gruñe enfadado.

—Berta, no tienes buena cara, descansa un poco.

Al final decido hacerles caso, es cierto que hoy me encuentro regular, así que me voy a la habitación me tumbo un poco más y a la hora del desayuno, me reincorporo con todo el mundo. Después acudo a mi puesto de trabajo, hoy voy a ralentí. A media mañana, Alan me trae dos capuchinos y un donut.

—Para mi chica preciosa —anuncia—. Estoy seguro de que hoy vas a necesitar una dosis doble. Los he pedido muy calientes.

—¡Eres mi salvación! —exclamo dándole un beso en la mejilla.

No soy de tomar el café caliente, así es que espero un poco y doy un sorbo cuanto antes, hoy necesito el café como respirar.

Cuando empiezo con la segunda taza, algo comienza a hacer estragos en mi cuerpo y en lugar de entrar en calor siento frío, empiezan a darme como espasmos en los ojos, como si se me contrajeran las pupilas. Me falta el aire y después de un rato, siento como si fuera a entrar en un estado de sueño profundo.

—Me encuentro mal. No sé qué me pasa… —le digo a Don Perfecto.

Me levanto de la silla y noto que mis piernas empiezan a fallarme. Él rápidamente reacciona y se incorpora, dice algo que no entiendo. Veo moverse el mundo a mi alrededor, un intenso zumbido sisea en mis oídos y creo que él me sujeta porque de pronto la realidad cambia de plano, el techo se aleja a toda velocidad y ya no soy consciente de nada más.

. . .

Cuando me despierto estoy en un hospital, con la cabeza bastante embotada. Al girar la vista me encuentro a mi jefe, adormilado en un sillón.

¿En serio? ¿Qué demonios ha pasado? Me remuevo nerviosa y veo que tengo una vía cogida en el brazo, carraspeo y es entonces cuando él se despierta y me mira. Tiene cara de cansado, diría que no ha dormido en uno o dos días. «Madre mía, ¿cuánto tiempo llevo yo aquí?».

—Vaya…, hola —dice él suavemente.

—¿Qué ha pasado? —pregunto con una voz muy baja, casi imperceptible.

—Ahora vendrá tu médica, bueno, mi madre, para ser más exactos, y te lo explicará con detenimiento, todo apunta a que han intentado envenenarte…

¿Su madre es médica? ¿Envenenarme?

¡¿Pero de qué demonios me está hablando?! ¡Qué alguien me despierte de este sueño, por favor!

No me lo puedo creer…

Pero no, no es un sueño. Por más que me pellizco con la mano izquierda, la que tengo libre, solo me hago daño. Él me mira turbado, imagino que no entiende muy bien qué demonios hago. Al final, después de unos minutos de espera, aparece su madre.

—¡Hola, Berta! Bienvenida al mundo de los vivos… —expone con una bonita sonrisa.

A mí sinceramente esa broma no me hace mucha gracia ahora mismo, después de lo que me ha dicho Don Perfecto.

—Hola —respondo secamente.

—No sé si mi hijo te ha explicado algo. —Muevo la cabeza para expresar dudas y ella vuelve a sonreír— Tranquila, a veces es parco de palabras.

Ahora la que sonríe soy yo. Tiene mucha razón.

—Comenzaré por el principio: Por lo que me dijo Rubén, llevabas días cansada, con la vista también agotada. Y ayer por la mañana te desmayaste, ¿notaste frío, mitosis, como que hiperventilabas y también sueño?

—Sí, todas esas cosas.

Ella asiente.

—Todo encaja. Te han drogado. No sé si en días anteriores también, estoy casi segura de que sí. Creo que la intención era envenenarte poco a poco. En los análisis de sangre hemos encontrado fentanilo. Es una droga que en pequeñas dosis no es letal, empiezas a tener síntomas de adormecimiento, vista cansada y lo de ayer simplemente fue la reacción de tu cuerpo a una dosis más alta.

Entiendo lo que ella me dice, sin embargo nada tiene sentido.

—Pero… ¿quién querría matarme? —replico asustada.

—Eso no lo sé, la policía ya está alertada de ello. Cuando tenemos un caso extraño y de envenenamiento en el hospital siempre se da parte a la policía.

Miro a Don Perfecto y no sé por qué me da que él tiene sus sospechas.

—Gracias, María Begoña… —le digo recordando su nombre.

—No me las des, es mi trabajo. Ahora descansa y recupérate. Por lo que me ha contado mi hijo, eres vital para la empresa y el proyecto.

—No lo creo, pero gracias…

—Tengo que seguir trabajando, cuando termine el turno me pasaré. Cualquier cosa que necesitéis, hijo… —añade mirándolo a él.

—Claro, mamá, descuida.

Se marcha de la habitación y yo miro fijamente a Don Perfecto.

—Tú sabes quién ha sido, ¿no es así? —le pregunto de manera directa.

—Tengo algunas ideas, Berta. Tengo al amigo de Alan investigando, sin embargo hasta que las pistas no sean sólidas y tengamos una idea de cómo lo han hecho, no voy a dar datos a la policía.

—Solo hay una forma, y tú lo sabes… —le confirmo.

Lo único que yo como y el resto de la empresa no, son los donuts y el café.

—Lo sé, Berta y por eso estamos trabajando en ello, tranquila. Daremos con la persona responsable. Ahora lo importante es que estás bien…

—Podría haber muerto… Y no sé por qué me da que era una venganza personal contra ti, no contra mí… —le espeto furiosa.

Él no dice nada, suspira y sale de la habitación con cara de enfado. Sabe que tengo razón, Alan ha ido durante varias semanas al mismo lugar y a la misma hora a por el café y el donut, cualquiera ha podido seguirle. Nadie sabe si era para mí o para Don Perfecto y si me pongo a pensar, esta venganza tiene nombre de mujer.

Capítulo 22

Apenas han sido unos segundos de reacción, me ha dado tiempo a cogerla en brazos antes de que Berta se desplomara en el suelo. Después, todo ha ocurrido muy deprisa: he llamado a una ambulancia y a continuación a mi madre, explicándole lo sucedido. Evidentemente, ella ha hablado con los sanitarios y le han llevado al hospital donde ella trabaja. Gracias a que mi madre es la jefa de urgencias, en cuanto ha llegado al hospital la han atendido y realizado todas las pruebas oportunas y cuando me ha dicho que en su cuerpo había restos de fentanilo, mi mente se ha bloqueado. Me ha explicado que es una droga que se usa muy comúnmente para envenenar a las personas y todo ha empezado a cuadrar.

—Madre, ¿Berta está bien? —le planteo en cuanto termina su explicación.

—Sí, por supuesto. Está estable, aún así tengo que avisar a la policía de lo ocurrido, es mi deber...

Asiento y tras un rato de su modo de actuar en estos casos, nos despedimos. Ella sigue con su ronda y yo salgo del hospital a toda prisa y llamo a mi amigo.

—¿Qué tal está Berta? —me pregunta preocupado nada más descolgar.

—Hola, Alan, está bien, estable… Te llamo porque la han envenenado, me temo que no era a ella a quien querían envenenar, sino a mí.

—¿De qué estás hablando? —replica asustado.

—Creo que alguien ha estado vigilándonos, y creo que se trata de Mara. Me lo advirtió pero pensé que se iría con el cuento a la competencia. En cambio, me temo que ha ido por otra vía. Como has acudido todos los días a por el capuchino y el donut, imagino que ha estado examinando nuestros pasos y ha aprovechado la situación pensando que eran para mí…

—¿Tú crees? —me rebate Alan asustado.

—Me apostaría el cuello, amigo. Así que tienes que coger uno de los dos vasos y dárselo al investigador. Mi madre dijo que usaron una droga llamada fentanilo. Dile al investigador que lo lleve a un laboratorio, que saquen muestras y también huellas. La policía no tardará en llegar… Mi madre me dijo que en estos casos siempre tiene que avisarlos, ellos registrarán y interrogarán al personal.

—Tranquilo, así se hará, aunque espero que no tengas razón con lo de Mara…

—Yo también…

Cuelgo el teléfono y regreso a urgencias. Berta sigue en el box. Mi madre me ha dicho que no tardarán en subirle a una habitación y como tengo un poco de enchufe, he conseguido que la dejen en una a ella sola.

Lo que aún no sé es si llamar a su padre o simplemente esperar a ver cómo evoluciona todo. De momento escojo la segunda opción, esperando los resultados. En cuanto mi madre me avisa de la habitación a la que la suben, voy hasta allí y me quedo con ella. No voy a dejarla sola ni un minuto. Todo esto es mi culpa.

—Hijo, ve a casa —me indica mi madre a última hora de la tarde, cuando pasa a ver qué tal está Berta— aquí está bien atendida…

—De eso nada. Esto es culpa mía, no voy a irme.

—Tonterías —contesta mi madre mirándome con decisión—. ¿Y su familia? Podemos avisarlos.

—No viven en Madrid y prefiero no decir nada todavía. Se va a recuperar, ¿verdad? —pregunto nervioso.

—Claro, hijo, no creo que tarde en despertar. Para ser una simple empleada te preocupas demasiado, ¿no? —inquiere dejándolo caer.

—Lo haría por cualquiera, madre. No imagines nada.

—Solo digo que es muy guapa, ya te lo he dicho en más de una ocasión…

—Eso me da igual. Es muy importante en el proyecto y una trabajadora valiosa.

—¿En serio solo es eso? Hijo, soy tu madre, puedes confiar en mí… Siempre lo has hecho.

Cierro un momento los ojos y lo pienso. Quizás debería ser sincero y abrirle mi corazón, es mi madre, decirle lo que siento. Aunque por otro lado tampoco sé muy bien lo que es…

—No lo sé, no estoy seguro —le contesto al fin—. Solo sé que desde que llegó hemos tenido una relación complicada. Cuando la conociste te pareció agradable, conmigo era una bruja de mucho cuidado. Me hacía la vida imposible.

Mi madre suelta una carcajada y dice:

—Los amores reñidos son los más queridos.

Cierro los ojos y la miro perplejo.

—No estoy enamorado de ella —alego de inmediato.

—¿En serio? A veces no nos damos cuenta de las cosas, aunque un solo contacto, una caricia, una mirada, bastan para que las cosas sucedan. Y entonces surge todo.

—No, no... —señalo moviendo la cabeza con fuerza. No quiero ni pensar en eso. ¿Amor? Lo que me faltaba—. Simplemente me parece que es una fuerte atracción. Como bien dices es muy guapa y también muy inteligente, la persona más inteligente que he conocido.

Mi madre pone los brazos en jarra, mirándome desafiante.

—Después de ti —aclaro.

—Ya..., tranquilo, lo entiendo —añade riéndose.

—El caso es que me desafía como nunca nadie lo había hecho y eso me saca de mis casillas, pero a la vez me atrae como un imán —declaro.

—Cielo, es amor, créeme. Conozco perfectamente esa sensación, porque es la misma que sentí por tu padre hace ya muchos años.

La miro confundido, ¿me está diciendo que estoy enamorado de la pelirroja? ¡No! ¡No!

¡Imposible! Primero porque es mi empleada y segundo porque somos como el agua y el aceite, imposibles de mezclar...

—No, no es eso. Además, lo nuestro no puede ser —declaro al fin.

—En el amor y en la guerra no hay nada imposible.

Suelto un suspiro de resignación y ella apoya su mano en mi hombro y me da un tierno beso en la mejilla.

—Tengo que irme, mi turno hace una hora que terminó y tu padre se preguntará dónde estoy. Cualquier cosa, llámame...

—Claro, mamá... —le digo esta vez con cariño y ella me regala una preciosa mirada.

Son raras las veces en que la llamo «mamá», cuando éramos pequeños y cuando estamos solos en una conversación muy íntima. Sé que a ella le gusta, pero mi padre siempre nos ha exigido a mi hermana y a mí que les tratemos con mucho respeto. Al final ya no me sale de otra manera.

—Cariño, descansa un poco. Diré que te traigan algo de cena. —Se despide de nuevo con un beso en la mejilla.

—Gracias —respondo con una sonrisa agotada.

Las enfermeras no tardan en traerme la cena, no tengo muchas ganas aunque no he comido casi nada en todo el día y sé que tengo que cenar algo. Al final voy a enfermar yo también.

Apenas pego ojo y por la mañana, después de la visita de mi madre, ella se despierta y eso es lo mejor que puede pasar, verla al menos recuperada y con ganas de saber qué es lo que ha pasado. Tengo al investigador amigo de Alan en el caso y me consta que la policía ha pasado por nuestras dependencias interrogando a todo el mundo. Yo sé quién es la culpable, no me cabe duda de que es Mara y no descansaré hasta que esa malnacida pague por todo lo que le ha hecho a mi pelirroja.

Capítulo 23

Han sido unos días complicados, me dieron el alta al día siguiente de despertarme en el hospital y la policía me interrogó por lo ocurrido, aunque no supe explicar lo sucedido. Solo les conté mi rutina, que es igual que la del resto del personal: no salimos de las instalaciones y lo único que suelo hacer diferente es tomarme un café y un donut que Alan me trae del exterior.

El caso es que desde que he vuelto, tanto Alan como Don Perfecto me tienen sobreprotegida y por supuesto me he quedado de nuevo sin capuchino y sin donut. No es que me importe, para ser sincera ya no me fío nada de que no vuelva a estar envenenado y quizás sea la única forma de desengancharse de una vez por todas de ellos. Seguro que mi madre estará contenta con todo esto…

El ejercicio lo tengo totalmente prohibido hasta que esté recuperada, la madre de Don Perfecto me dijo que durante una o dos semanas debería estar relajada y no hacer ningún esfuerzo físico, así que mi vida es realmente insulsa. Me limito a comer sano, eso sí que no ha cambiado, y a trabajar, aunque Don

Perfecto apenas me deja hacer casi nada y está pendiente a cada momento de mí.

—¿Como estás? ¿Te encuentras cansada? Puedes irte a tu habitación si no te ves con fuerzas para trabajar —me dice a cada instante.

Sé que se siente culpable y no es para menos. Creo que aunque no me lo ha confirmado, tanto él como yo sospechamos que la culpable de todo esto es la maldita tetona a la que despidió.

—Estoy perfectamente, señor Torres —le respondo airada una y otra vez.

—En serio, sé que tenemos fecha límite pero puedo apañármelas solo.

—Me encuentro perfectamente —le replico hastiada.

—De acuerdo…

La semana se me antoja eterna con este ritmo de vida y el viernes por la tarde, Don Perfecto me hace una propuesta algo extraña.

—Mi madre me ha pedido que vengas a comer mañana a casa —suelta sin más.

—¿Y tú que opinas? — le pregunto sorprendida por la proposición que acaba de hacerme.

—Yo…, no sé. Solo quiero complacerte.

Levanto la ceja, ¡vaya declaración! Nunca imaginé que Don Perfecto fuera a volverse tan mansito como un cordero.

—Vaya…, vaya…, cómo cambian las tornas. ¿Remordimientos?

—Para serte sincero…, unos pocos.

—La que me ha hecho esto ha sido Mara, la tetona, ¿verdad? —planteo con rotundidad.

—No estoy seguro, pero me temo que sí. Tengo a un investigador privado en ello. Está tras su pista, aunque es difícil de averiguar. En la cafetería donde habitualmente compraba los donuts y los capuchinos no notaron nada raro. O bien había alguien compinchado o realmente no vieron a ninguna mujer con la descripción de Mara. No tienen pruebas de que sea ella. Sin embargo, yo sigo pensando que está detrás de todo. No tengo enemigos y creo que tú tampoco, ¿cierto?

—Por supuesto que no —contesto extrañada— ¿por qué iba a tener enemigos yo? Además, nadie sabía lo de mi trato de favor. A no ser que sea alguien de dentro…

—Lo dudo. Todo el mundo pensaba que eran para mí, le dije a Alan que respondiera eso si le preguntaban. No quería que nadie supiera que tienes ciertas ventajas.

—¿Y si Alan…? —interpelo nerviosa, ni siquiera soy capaz de terminar la frase. Ahora mismo no me fio de nadie.

—Joder, no. Claro que no, Berta. Antes dudaría de mi propio padre que de mi amigo. Le conozco desde la infancia, jamás me traicionaría, ¿cómo se te ocurre? —responde enfadado.

—Lo siento, ahora mismo tengo mucho tiempo para pensar y estoy un poco paranoica. Solo trabajo, los días son muy largos… Apenas duermo… —le confieso apenada.

Esto está siendo una verdadera tortura, la verdad.

—Quizás te vendría bien salir a comer mañana, entonces.

—¿Te parece bien? —vuelvo a preguntar, aún no me ha contestado.

—No es lo que a mí me parezca, solo quiero que tú estés bien —responde desviando la mirada de forma evasiva—. Me siento muy responsable de todo esto. No me perdonaría que te hubiera pasado algo por mi culpa.

Mis ojos se abren lo máximo posible, esa revelación me deja trastocada. Hasta hace unos días pensaba que me odiaba y… ¿ahora se preocupa por mí? Empiezo a pensar que incluso tiene un corazón debajo de esa coraza de pijo estirado.

—No tienes que preocuparte, de verdad, y no quiero ponerte en un aprieto con tu familia. Si es molestia, me quedaré aquí, Alan es una buena compañía, me hace reír.

—¿Entonces no quieres venir? Tengo que confirmárselo a mi madre…

—Señor Torres… —Él me mira contrariado al escuchar la formalidad con la que me dirijo a él—, como le he dicho no quiero ponerle en un aprieto con su familia.

La conversación finaliza y también la jornada laboral y cuando estoy a punto de quedarme dormida, tras la cena, alguien llama a mi puerta. Quizás sea Alan, a veces viene a ver cómo me encuentro. Me levanto con pereza y voy a abrir. Y me sorprendo cuando veo a Don Perfecto en la puerta, quien no parece nada contento y al mirarme parece estar escaneándome.

Vale, no soy de las que llevan pijamas recatados para dormir, estamos a finales de mayo y aquí suele hacer calor.

—¿Qué desea, señor Torres? —le planteo al ver que no ha dicho nada.

—Mi madre ha insistido en que vengas mañana a comer… Me ha dicho que le gustaría comprobar tu evolución.

¿En serio, solo es eso?

—¿No habíamos quedado en que era mejor que no fuera? —le reprocho turbada.

—Sí, pero ella es una mujer persistente. Creo que se parece a ti.

—¿A mí? No entiendo por qué lo dices —replico ceñuda.

Él sonríe a medias con una espontánea chispa de humor en sus ojos.

—¿Tengo que mencionar el chantaje que me hiciste la última vez para quedarte?

Pese a la sonrisa, parece frustrado y diría que su cabreo se debe a que habrá discutido con su madre. Imagino que él no quería que yo fuera y ella no es que haya insistido: conociendo a las madres, se lo habrá impuesto.

—Está bien, ¿a qué hora tengo que estar preparada?

—Me gusta salir después de desayunar, como muy tarde a las diez. Así paso más rato con ellas. También voy a ver a mi abuela, aunque quizás… —recapacita, mirándome—. Esta vez puedo saltarme esa visita.

—Tranquilo, no tengo ningún problema en conocer también a tu abuela, ya conozco a la mitad de tu familia, a este paso vamos a pasar las Navidades juntos —digo con ironía, aunque él abre mucho los ojos, como si le asustara la mera posibilidad—. A las diez estará perfecto, aunque te recuerdo que solo tengo la vestimenta con la que llegué aquí…

—Entonces tendremos que arreglar eso, quedaremos a las nueve. No podemos ir a ver a mi familia de esa guisa. Iremos de compras y después a ver a mi yaya.

—¿No podemos pasar por mi antiguo apartamento? —le rebato molesta.

—Rotundamente no. Buenas noches, señorita Rodríguez.

Se da media vuelta sin esperar mi respuesta y se marcha, dejándome furiosa en la puerta. ¡Pijo estirado! ¡Uff! ¿Por qué narices le habré dicho que sí? Ya me estoy arrepintiendo. Ir de compras con este tío tiene que ser lo peor de lo peor. Si algo tengo claro es que al menos pagará él, si quiere que vaya igual de pija que él, que tire de tarjeta, como en *Pretty Woman*.

Capítulo 24

Lo de mi madre no tiene nombre, me ha exigido que la invite después de decirle que a ella no le apetecía venir, cosa que no era del todo cierta, aunque era la única excusa que se me ha ocurrido. Creo que lo único que pretende es que me líe con la pelirroja y eso no va a ocurrir. Aunque cuando he ido a avisarla de que mañana vendría a comer conmigo quisiera o no y me ha abierto la puerta con ese mini pijama, mi mente se ha bloqueado y se me ha olvidado a qué acudía a su habitación. Me he quedado mirándola como un tonto.

Desde lo ocurrido, me preocupo más por ella y cada día que pasa me doy cuenta de que tengo que hacer más esfuerzos por reprimir mis sentimientos, esos que se van intensificando cuando estoy cerca de ella. Que mañana venga a comer y que conozca a mi familia no me ayuda nada. Es el único momento en el que puedo relajarme, ser yo mismo y dejar de pensar en la pelirroja y mi madre se ha propuesto que no sea así. ¿Será un maquiavélico plan de mujeres?

No lo sé, aunque esto no es buena idea y, para colmo, la pelirroja no tiene ropa aquí. Tengo que ir de compras con ella, y seguro que tendremos problemas con sus gustos y los míos. Después tengo que llevarla a ver a mi abuela y por último, a conocer a mi familia. Esta situación es surrealista. Presiento que va a ser un desastre...

. . .

Apenas he descansado. Esta noche la pelirroja ha invadido mis sueños, cosa habitual, y ahora, con sus malas artes, se apoderaba de mi familia y ellos dejaban de quererme. Todos la adoraban a ella y ya nadie se interesaba por mí. Me he despertado agobiado, cansado y hoy no tengo siquiera ganas de hacer deporte, el día va a ser agotador y lo que menos necesito es comenzar con una jornada extenuante, así que me doy una ducha y me centro en escuchar algo de música. Además, he quedado con ella a las nueve, ni siquiera desayunaremos con todo el mundo. Lo haremos fuera, en algún centro comercial.

Doy unos toques en la puerta a las nueve menos cuarto y ya está preparada, vestida con la ropa que trajo. Estrafalaria es una palabra que se queda corta para describirla. Yo voy con unos vaqueros y una camisa, no digo que vaya elegante pero al menos mi forma de vestir es informal pero con gusto. Normal, como mínimo. En el caso de Berta…, bueno, parece que se haya caído de cabeza en un contenedor de ropa de segunda mano y haya salido de él con lo primero que ha encontrado.

Mientras la observo resignado ella se queda mirándome desafiante y de inmediato habla:

—¿No estoy a tu altura? —pregunta sin saludar siquiera.

—Buenos días, señorita Rodríguez. —Aunque ella sea una maleducada yo no voy a caer tan bajo—. No he dicho nada, pero para ser hija de quien es que sigo sin comprender su actitud y su vestimenta.

—Tengo mi propia vida y mis propios gustos, ¿sabe? No necesito ser «hija de». Se llama tener personalidad.

—Perfecto, aunque vamos a un lugar un poco distinguido…

—Pues usted viste de lo más normal ahora mismo —comenta ofendida—, no sé qué problema hay con mi ropa.

—No voy a ir con traje a casa de mis padres a comer un sábado. Eso sí, una minifalda hortera que no le tapa ni el culo y una camiseta feísima con la que casi se le ve el ombligo no me parecen adecuadas para ir a comer con mi familia —suelto al fin irguiendo la espalda.

—Perfecto, usted paga... Y no piense ni por un momento que voy a dejar que elija mi ropa.

Me lo temía, no me sorprende para nada su respuesta.

—No voy a elegir su ropa, pero si pago yo, diré lo que es o no adecuado.

Su ceño se frunce, sus preciosos ojos verdes me miran desafiantes y al final, después de retarnos unos segundos, asiente.

—Usted gana, aunque no pienso quedarme con la ropa. Seguramente no sea mi estilo.

—Puede hacer con ella lo que le plazca, como si quiere prenderle fuego y dar saltos alrededor. ¿Nos vamos?

—Claro, señor Torres —responde con una sonrisa maligna.

—Una cosa, más... En casa de mis padres, creo que será mejor que me llames Rubén y yo te llame

Berta. Me resulta violento que me llames por mi apellido allí.

—Pues no veo por qué, no somos amigos —recalca con dureza.

—Lo sé, mi madre lo sabe, aún así, creo que es demasiado correcto y deberíamos tutearnos.

—Bueno. Lo intentaré.

Cuando vamos a abandonar las instalaciones, vemos a Alan que nos mira sorprendido, no caí en la cuenta de explicarle lo ocurrido y le hago una señal para indicarle que le explicaré más tarde. En cuanto pueda le mandaré un mensaje. Estoy seguro de que se va a reír de mí durante días enteros.

Nos dirigimos al centro comercial más cercano a casa de mi abuela para hacer tiempo. Desayunamos, dejo que ella elija lo que quiera y yo tomo un zumo natural. Después comienza nuestra primera batalla. Vamos tienda por tienda y la ropa que quiere comprar, evidentemente, no es la apropiada. Las dependientas nos miran extrañadas, seguro que piensan que somos dos novios que empiezan a salir y tienen sus primeras peleas.

Tras una hora, al final hemos llegado a un entendimiento. Se ha comprado unos vaqueros, bastante ceñidos para mi gusto y una blusa semitransparente. Al menos se la ha puesto con la camiseta que llevaba puesta para ir a casa de mi abuela, aunque me ha asegurado con mucho orgullo que después se la quitará... No quiero ni pensar en la reacción de mi padre cuando la vea. Todo esto es culpa de mi madre. Ahora que apechuguen.

Tras las compras, vamos a ver a mi abuela. La visita a mi yaya es agradable, es una anciana de casi ochenta años. La pobre está bastante afectada de Alzheimer y en cuanto saco un rato siempre voy a visitarla. Hay días que sí se acuerda de mí, pero otros ni me reconoce. Vive con un tío mío y está bien atendida, pero es triste ver cómo sus recuerdos desaparecen día a día.

—Yaya, ¿cómo estás hoy? —le digo nada más verla.

—¿Quién eres tú? —me pregunta confusa.

—Soy Rubén, tu nieto.

Me mira extrañada y le doy un beso en la mano, como suelo hacer siempre. Después de un rato, me sonríe y asiente. Mi tío me cuenta que lleva unos días complicados y que sigue bien. La pelirroja no ha dicho nada, se ha sentado, ha saludado y observa pacientemente nuestra conversación.

—Qué guapa es tu novia, ¿por qué no la has traído nunca, hijo? —salta mi abuela al cabo de un rato—. Cielo, ven que yo te vea...

Ella parece intimidada pero al final se acerca.

—¿Sabes, hija?, mi difunto esposo también era pelirrojo... Sabía yo que mi nieto acabaría con una chica tan guapa como tú.

Ella solo sonríe y asiente.

—Yaya, tenemos que irnos ya, voy a ver a madre, ¿quiere que le diga algo? —le pregunto.

—No, cielo. Dale un beso y dile que le recuerde a tu abuelo que no se olvide de hacer la compra, estoy casi sin nada y mañana no podré hacer la comida...

—Claro, abuela.

Le doy un beso en la mejilla y me despido de mi tío después.

Qué enfermedad más dura es el Alzheimer. A veces parecen tan lúcidos, y de repente te sueltan esas cosas que te dejan sin palabras...

La pelirroja se sienta en el lado del copiloto y ponemos rumbo a la casa familiar de mis padres, en la zona de La Moraleja. No parece sorprendida cuando llegamos. En cuanto entramos, activo el mando del garaje y sale mi hermana a darme un beso.

—¡Hermanito! ¡Cuánto te he echado de menos! ¿No me presentas a tu chica?

La miro contrariado. ¿Pero qué demonios le ha contado mi madre? Voy a matarla.

La cara de la pelirroja es un poema, creo que igual que la mía.

—Sonia, ella es Berta, solo es una compañera de trabajo —intervengo—, Berta, ella es Sonia, mi hermana.

—Un placer conocerte —contestan ambas casi a la vez.

Antes de entrar, agarro a la pelirroja del brazo y le digo:

—No sé lo que le ha dicho mi madre, pero yo no he tenido nada que ver, te lo prometo…
Su cara, entre maligna y rencorosa no presagia nada bueno.

Capítulo 25

Tras la disputa con la ropa hemos ido a ver su abuela. Me ha enternecido ver el cariño con el que la trata, parece un hombre diferente. Incluso cuando su abuela me ha confundido con su novia lo ha dejado correr. Creo que ha actuado bien y en ese caso puedo entenderlo. En cambio, en cuanto hemos llegado a su casa y su hermana también ha pensado que soy su chica, empiezo a pensar que todo esto ha sido una treta suya.

Su madre sale de inmediato a saludarme y me da un cordial abrazo.

—Hola, Berta, cariño, ¿como te encuentras? Te veo bastante bien… —me pregunta con una bonita sonrisa.

—Buenos días, María Begoña. Sí, todo bien. Ya me encuentro perfectamente. Gracias por la invitación, aunque no debiste molestarte…

—Me imaginé que te vendría bien salir de aquella cárcel y respirar un poco de aire puro. Ven, te enseñaré la casa, seguro que mi hijo tendrá asuntos que tratar con su padre antes de hacer las presentaciones oportunas. ¿Has conocido ya a Sonia?

—Sí, ya me presentó Rubén.

—Bueno, entonces perfecto. Aunque ya le dije que eras su compañera, ella se ha pensado que al venir aquí eras su novia. Discúlpala.

—Tranquila, no hay problema, la abuela también se pensó…

—Mi madre…, tiene Alzheimer —señala con una sonrisa triste—, hay días que está tan lúcida… Rubén la quiere mucho, se crió con ella.

—Ya, pude ver que la tiene mucho cariño —indico menos tensa.

—Es un buen chico —expone y no sé si me lo dice por algún motivo especial o simplemente porque lo piensa en su interior.

—Veamos la casa.

Me enseña el casoplón y me doy cuenta que no tiene nada que envidiar a la que poseen mis padres. Cuando llegamos a la buhardilla veo que hay una puerta cerrada pero oigo una voz grave y después la voz de Rubén.

—Siempre están igual…, cada vez que vienen, antes o después de comer se reúnen, hablan de trabajo y siempre discuten —me dice María Begoña a media voz—. Tengo que admitir que su padre le exige mucho y él no quiere defraudarle. Yo siempre le digo que tiene que olvidarse de eso, tiene que hacer su trabajo, disfrutar y sobre todo vivir…

Sabias palabras. Don Perfecto solo vive para trabajar y ahora me doy cuenta de por qué es tan exigente.

María Begoña llama a la puerta y se hace el silencio. Después abre la puerta.

—Caballeros, se acabó la reunión. Goyo, ella es Berta. La chica de la que te hablé.

El semblante de Rubén cambia y también el del hombre, de unos casi sesenta años de edad, con el pelo moreno y alguna cana. No le había visto nunca en la empresa. El gran parecido con su hijo es innegable. Es imposible no darse cuenta de que son familia.

—Señorita, un placer conocerla.

—El placer es mío, señor —le contesto con cordialidad estrechando su mano. No me parece correcto darle dos besos, al fin y al cabo es el padre de mi jefe y me siento algo intimidada por su presencia.

—Dolores ha preparado algo para picar antes de la comida en el patio, creo que podemos bajar ya. No tardéis —indica la madre de Don Perfecto.

—Ahora mismo bajamos, cariño —declara su esposo.

—No te sientas intimidada —me apunta cuando bajamos las escaleras—. Al final aunque ellos se crean que tienen la última palabra en una discusión, siempre es la misma: «sí, lo que tu quieras, cariño» —concluye.

Ambas soltamos una carcajada y nos dirigimos al jardín. Allí está Sonia, recostada en una tumbona, y en cuanto nos ve nos saluda con la mano y se une a nuestra charla.

—¿Dónde están Ru y papá? —pregunta a su madre.

—¿Dónde van a estar?, en la buhardilla, discutiendo… —le contesta su madre con voz exasperada.

—No tienen remedio —dice Sonia soltando una carcajada. Me cae bien, parece una chica muy risueña—. Son tal para cual.

—Eso le decía a Berta, y al final tu padre siempre hace lo que yo le mando y estoy segura de que el día que tu hermano encuentre una mujer, hará lo mismo.

—Berta, hablando de eso, lo siento… —añade Sonia con cara de circunstancias—, pensé que…

—Tranquila, no pasa nada —digo restándole importancia con un gesto de la mano.

—Mi madre me dijo que venía una mujer con mi hermano y yo… Bueno, nunca trae a nadie a casa, solo a Alan, y me hice una idea equivocada. Además, eres muy guapa.

—Gracias, pero por favor…, no exageres… Tú también eres muy guapa.

—Yo siempre quise ser pelirroja, mi abuelo lo fue y ninguno hemos sacado esos genes. ¡Qué lastima! Seguro que las chicas pelirrojas ligáis un montón —me comenta delante de su madre, arrancándome una risa.

—No creas, cuando era pequeña siempre fui la chica rara y ahora… Ahora ya sabes… —le aseguro un poco intimidada.

—Ya… —me responde con una sonrisa pícara.

—Cielo, ve a llamar a tu padre y tu hermano. Como suba yo…

La mujer del servicio acaba de venir y está disponiendo todo en una mesa que hay en el jardín. La muchacha se levanta de la tumbona y de inmediato se adentra en la casa. Al cabo de dos minutos vuelve a bajar y es Don Perfecto quien hace su aparición primero, su cara denota enfado. Después lo hace su padre, el cual parece más satisfecho.

—Perdonad, el trabajo nunca descansa. Las empresas no se dirigen solas. Y este hijo mío es joven e inexperto. Aún le queda mucho que aprender.

Rubén no dice nada, incluso a mí me han dolido esas palabras. Su padre es bastante más prepotente que su hijo. No me extraña que él sea así, de casta le viene al galgo.

—Se acabó el trabajo por hoy, Goyo. Es una reunión familiar y tenemos visita.

—Y dime… —se dirige a mí su padre, pero no parece arrancar.

Don perfecto, que parece ver sus intenciones, interviene entonces.

—Berta —le interrumpe Rubén malhumorado.

—Eso, Berta, dime, ¿mi hijo es un buen jefe?

Veo la cara de Don Perfecto desfigurarse. Esta es la mía, ahora yo tengo el poder. Quizás podría ser una hija de perra y tomarme ahora la venganza por esas jarras de agua fría de nuestros comienzos, o tal vez por la basura de comida insípida que tenemos en el buffet… por la máquina de café que se niega a ponernos… Pero no voy a ser tan mala persona y no voy a fastidiarle.

—Sí, es un buen jefe —digo tras la pausa dramática en la que creo que Don Perfecto ha sentido el suelo abrirse bajo sus pies—. No es porque esté él delante o porque quiera hacerle la pelota, ni tampoco porque me lo esté preguntando su padre. Lo cierto es que es el mejor jefe que he tenido hasta ahora y créame, desde que llevo en Madrid, he pasado por unos cuantos trabajos. Es un jefe severo y a la vez justo —comienzo a enumerar—. Ha establecido una rutina de trabajo, de ejercicio y de comidas muy adecuada y que demuestra que se preocupa por nuestra salud y nuestro bienestar. Quizás pueda o no gustarnos, es algo bueno para nosotros y jamás hace distinción con ningún trabajador. —«Salvo conmigo», pienso, pero eso fue un chantaje puro y duro—. Las normas están para cumplirlas, pero sabe ser flexible cuando una situación es difícil para alguien o hay momentos de cansancio o enfermedad. Además, se trabaja muy bien a su lado. Y lo digo porque cuando llegué a esta empresa, tenía otro compañero; yo era novata y mi compañero no me dejaba tomar decisiones aun cuando esas decisiones eran para mejorar el resultado. Cuando le comenté lo que me pasaba no dudó ni un momento en darme la oportunidad de trabajar junto a él, codo con codo, valorar mis propuestas y considerar cada una de mis ideas adecuadamente, sin que le importara quién fuera yo o cuánta experiencia tengo sino la idea en sí, lo buena o mala que pudiera resultar. Creo que el cambio ha sido bueno para todo el mundo. Mi trabajo ha mejorado, permítame que sea modesta, me parece que es así, con lo que todos salimos ganando. Y pocos jefes son capaces de hacer esto, mirar realmente por el bien de la empresa y de los trabajadores dejando su orgullo a un lado.

Todos se han quedado mirándome con cara sorprendida. Incluso Don Perfecto, que creo que no se esperaba esa respuesta. «Ahí lo llevas —pienso—, ahora me debes una».

—¡Madre mía! Qué bien habla esta chica —dice al fin su hermana para romper el silencio—. ¡Olé, Berta! Eres mi heroína.

Capítulo 26

Odio venir a la casa familiar y que mi padre esté siempre queriendo organizar la empresa. No confía en mí, aún no entiendo por qué me dejó llevar este proyecto ni por qué sigue queriéndolo controlar absolutamente todo. Además, me ha pedido información sobre Berta, cosa que me he negado a darle. Si sabe que es la hija de quien es, estoy seguro de que querrá explotar ese beneficio y yo no estoy dispuesto a hacerlo. Ella tiene su potencial, no me hace falta explotar nada más.

Cuando le ha preguntado si yo era buen jefe se me ha parado el corazón, creí que la venganza de la pelirroja iba a caer sobre mí con todo su peso. Su respuesta me ha sorprendido gratamente. Mi hermana, como siempre tan espontánea, ha roto el silencio tras dejar a mi padre sin palabras. Pocas personas consiguen dejarlo así y ella lo ha hecho. ¡Joder! Si ya me tenía encandilado, ahora mismo acaba de embelesarme mucho más.

Tras el aperitivo, nos sentamos a comer. Mi padre ha intentando sonsacarle algunas cosas, pero ella es bastante lista y simplemente se ha limitado a darle datos de sus antiguos trabajos, es decir, lo que yo ya le había contado. No ha dicho nada de su familia y mucho menos ha mencionado quién es su padre.

«¡Chica lista!».

Al concluir la comida, nos despedimos de ellos, no me apetece seguir más tiempo allí, y menos con el acoso constante de mi padre hacia ella.

—Cielo, me ha alegrado mucho tu visita —le dice mi madre cuando nos despedimos—. Me encantaría que vinieras otro día...

—Claro, seguro que vendré... —le responde—. Ha sido un placer.

—Sí, eres la caña —comenta mi hermana dándole un fuerte abrazo.

Ella sonríe y después se despide de mi padre estrechándole la mano.

—Un placer, señor Torres —Se despide con cordialidad.

—El placer ha sido mío... —Declara mi padre totalmente encandilado.

Nos montamos en el coche y en cuanto salimos de la propiedad y de la urbanización, aparco el vehículo, suspirando con alivio y sintiendo que mis hombros se liberan de toneladas de peso. No era consciente de estar tan tenso.

—Gracias, de verdad. Por todo lo de hoy. Y siento mucho el comportamiento de mi padre —le digo con sinceridad.

—No te preocupes. Mis palabras han sido sinceras.

La miro, asombrado. Está sonriendo y tiene un brillo travieso en los ojos, ¿se habrá divertido con todo esto? «Es capaz», pienso.

—Pues doblemente gracias. Y, respecto a lo de mi hermana, te aseguro que yo no…

—Tranquilo, ella se disculpó, no ha sido nada. Tengo que admitir que ha estado bien salir un poco de allí, a veces me siento como en una cárcel —asevera.

—¿Te apetece que demos un paseo antes de volver? Seguro que nos vendrá bien a los dos.

Necesito despejarme, normalmente cuando salgo de casa de mis padres, después suelo pasear antes de regresar porque siempre acabo discutido con mi padre. Le aprecio mucho, siempre había sido mi modelo a seguir, aunque desde que me puso al cargo de este proyecto, siento como si me estuviera distanciando de él y cada día que pasa, me parece más exigente, más jefe y menos padre.

—Me parece una idea estupenda.

Ella echa la cabeza hacia atrás y conduzco hasta uno de mis lugares favoritos, el Jardín de la Vega, situado cerca de mi urbanización. De hecho me compré el chalé cerca de este parque porque me enamoró el entorno.

—Berta… Ya hemos llegado —le indico cuando estaciono el coche en mi calle.

—Pero…

—No tendremos que andar mucho. Estoy seguro que te gustará.

En cuanto llegamos, sus ojos se ensanchan y sonríe. No me equivocaba. El Jardín de la Vega es un lugar emblemático, estilo jardín botánico. Nos adentramos en él, en las plazuelas y glorietas, y llegamos a una zona temática de aventuras. Ella se frena y me mira embelesada.

—Gracias, realmente necesitaba esto… —asevera con una dulce sonrisa que me hipnotiza.

—Yo también —le contesto y no sé realmente si lo que yo necesitaba era el paseo, verla a ella tan feliz, o las dos cosas. Solo sé que aunque el día empezó regular, este rato está haciendo que todo merezca la pena.

A las siete y media de la tarde, cuando los rayos del sol comienzan a perder su fuerza, decidimos dar la vuelta. Tenemos que deshacer el camino y llegar hasta el coche.

—¿Cómo descubriste este sitio? —me plantea con una dulce sonrisa, esa que no suele regalarme.

—Cuando estaba buscando una casa, lo encontré por casualidad. Me cautivó y decidí que tenía que comprarme una casa aquí, costase lo que costase. Este sitio sería un lugar para evadirse de los problemas...

—Sin duda es una gran elección. Deduzco entonces que vives cerca de donde aparcaste el coche, ¿cierto?

—Sí, en la misma calle.

—Eres un hombre afortunado, sin duda. Esto es increíble, y vivir cerca de un lugar así, es...

—Indescriptible —termino la frase por ella.

—¡Exacto!

Ella suelta un suspiro y cierra un segundo los ojos. Me gustaría conocer ahora sus pensamientos y como no puedo, decido hacer una locura.

—Hoy voy a soltarme la melena... —le digo y ella suelta una carcajada y enarca sus cejas—. Te invito a una hamburguesa.

—¿En serio? ¿Quién eres tú y qué has hecho con mi jefe? —ríe alucinada.

Sé que tiene razón, estoy siendo algo irracional, pero hoy voy a hacer caso a las palabras que siempre me dice mi madre y voy a vivir.

Suelto una carcajada y ella se contagia.

—¿Te apetece? —le propongo para asegurarme.

—Eso no lo dudes por un momento. Desde que me trajiste una aquella noche ya sabes que no he vuelto a comer ninguna. Así que estaré encantadísima.

—Pues vamos.

La cojo de la mano para acelerar el paso y tiro de ella. Al principio parece asustada, no obstante, de inmediato me sigue el ritmo con una sonrisa que cada vez me tiene más cautivado y que hoy lleva deslumbrándome toda la tarde.

—¿Me dejas elegir el sitio? —me pregunta nerviosa cuando subimos al coche.

—Claro.

Toquetea el GPS y sonríe.

—Ya, conduce.

Ahora soy yo el que sonríe. Y pongo rumbo siguiendo las indicaciones del navegador. Estaciono el coche y ambos nos pedimos una hamburguesa con todo. ¡Santo cielo! Este es el mejor de todos los pecados. Creo que incluso la devoro antes que ella. Hacía años que no me comía una hamburguesa —los dos mordiscos que ella me ofreció de la suya noches atrás no cuentan— y juro que pasarán otros tantos, pero ha sido casi tan placentero como un orgasmo.

—¿Sabes lo que falta para rematar un día perfecto? —me plantea y la miro extrañado cuando terminamos nuestra cena.

—No, ¿qué?

—Tomar unas copas, ir a bailar...

—Berta, pero... si tomamos unas copas, después no podré conducir —apunto como si ese fuera un problema abismal.

—Bueno..., quizás podríamos alquilar una habitación en Madrid, dormir aquí...

¿Ha dicho una habitación? ¡Joder! Mi mente comienza a nublarse. ¿Me está proponiendo algo? Porque empiezo a perderme.

«Será una para cada uno, *espabilao*», me digo a mí mismo con sensatez.

Sí, eso será. Y qué demonios, hoy estoy desatado, unas copas y estar con la mujer que me vuelve loco, no puede ser nada malo. Divertirse y disfrutar de su compañía.

Berta vuelve a hablar en ese momento, quizá tratando de convencerme al ver que dudo.

—Sé que quizá te parece una locura eso de divertirte —comenta con su habitual ironía—, pero sinceramente, después de tanto tiempo encerrada en el laboratorio y de que hayan intentado envenenarme con café y donuts, siento que me merezco un premio. Nos lo merecemos los dos.

Sus palabras terminan de hacer que me lance. Sin darle muchas más vueltas, acepto su propuesta.

—¡Hecho!

Ella sonríe y yo, satisfecho, pago la cuenta del local y salimos rumbo a la zona de copas que no está lejos. Hoy estoy decidido a disfrutar de la noche y nada más. Alan me ha llamado en varias ocasiones y no le he contestado, he decidido apagar el teléfono y disfrutar de la mujer que hoy me está haciendo perder el sentido.

Capítulo 27

Es increíble lo mucho que cambian algunas personas fuera del entorno laboral, y mi jefe es uno de ellos. Don Perfecto es otra persona: el paseo, que me haya invitado a la hamburguesa, verle comer con tantas ganas, charlar con él de forma normal, incluso reírnos juntos… todo eso me ha hecho proponerle lo de las copas. Me apetece mucho disfrutar de una noche de fiesta sin preocupaciones y aunque hace unas semanas jamás me hubiera imaginado saliendo con él ni a la puerta de la calle, hoy me apetece mucho tomar una copa y conocerle un poco mejor. Al estar con su familia y hablar con su padre me he dado cuenta de por qué es tan exigente. Mi madre es similar a él, quizás menos cabrona. Sé lo duro que es crecer con figuras paternas exigentes y aunque yo salí por otro lado, creo que gran parte de su personalidad se ha forjado tan estricta a causa de ello.

Don Perfecto está bastante frustrado, por eso me ha parecido buena idea que hoy se desfogue, tome un par de cubatas, disfrute de la noche y de paso yo también. Ambos necesitamos un respiro.

En cuanto llegamos a la zona de marcha, creo que la idea no ha sido muy acertada. Entramos en uno de los locales y ambos comenzamos a beber. Charlamos un poco, y no sé en qué momento me pongo cariñosa con él, incluso me siento atraída. Flirteamos un poco y veo que él me sigue el juego. Está tan guapo con estas luces… Estoy borracha, sí, sin duda. Tanto que a ratos no sé lo que hago y se abren huecos negros en mi memoria.

De pronto veo que estamos en un hotel, él está pidiendo una habitación y a mí todo me parece perfecto, incluso me río y le abrazo, ilusionada. Y acabamos como suelen acabar estas cosas: bajo las sábanas y sin ropa.

· · ·

Al despertarme, miro a mi alrededor y me cuesta un poco asimilar dónde estoy. Me siento algo intimidada, aunque ahora sí que me acuerdo de todo. Los recuerdos vuelven a mí como una riada y me abruman. ¡Joder! Esto ha sido una malísima idea, sin duda. Pero al mismo tiempo, juro que ha sido la mejor noche que he pasado en mi vida. Tengo que admitir que el error ha sido tremendo: es mi jefe, he incumplido una regla de mi contrato y, ¿ahora qué?

«Bueno, ha merecido la pena…», dice una parte de mí, una parte que aún sigue atontada y embriagada por la fantástica noche que hemos compartido.

Él sigue dormido, me permito el lujo durante un segundo de aspirar su aroma. ¡Mierda, huele de maravilla!

«¡¿Estás tonta o qué te pasa?!», me regaño a mí misma.

En fin, si me va a despedir, al menos voy a gozar un poco de la mercancía, porque este hombre tiene un buen potencial. Miro debajo de las sabanas y sí, todo en él está de buen ver. Sonrío al recordar los mejores momentos de la noche, como en un tráiler de cine, y luego me levanto como Dios me trajo al mundo dispuesta a darme una ducha. Es en ese momento cuando él se despierta.

La situación es incómoda lo mires por donde lo mires. Él se da la vuelta y me da tiempo a ir al baño, meterme en la ducha y, tras asearme, coger el albornoz para cubrir mis vergüenzas. Salgo y le saludo con la mano, sin saber qué otra cosa hacer. Él está ya vestido y parece muy arrepentido.

—Berta, yo… —comienza a decir.

—La cosa se nos fue de las manos. Lo siento, la culpa es mía —le digo sin poder mirarle a la cara.

—La culpa no es de nadie, no digas eso. —Se acerca despacio y se pone frente a mí—. No quiero que pienses que voy a tomar represalias, esto puede quedar entre los dos, pasar página y seguir como siempre.

—¿No vas a despedirme? He incumplido las normas —pregunto nerviosa.

—Ya, bueno… Yo también —replica enfadado.

—Tú eres el jefe, puedes hacer lo que te plazca.

—No te equivoques, el jefe es el primero que tiene que dar ejemplo. Lo siento. No quería… Me dejé llevar… No sé que me pasó…

—Los dos bebimos demasiado y lo estábamos pasando bien. Un hombre, una mujer… Mucho tiempo sin sexo… —Él me mira algo incómodo—. Al menos en mi caso —expongo sin tapujos.

—Claro, aunque quiero que sepas que esto no se volverá a repetir —suelta de repente como arrepentido por la situación.

—¡Por supuesto! —exclamo entre aliviada y turbada.

Para mí fue genial y si soy sincera me molesta que me diga esas palabras. Entiendo que lo que hemos hecho no ha sido correcto, pero sobraban las palabras.

—Será mejor que nos vayamos —concluye al ver mi cara de enfado.

—Ahora mismo, tengo que vestirme. Si no te importa… —Le indico para que se marche.

—Te espero abajo, no tardes.

Estoy cada vez más molesta y no sé por qué debería estarlo, pero lo estoy. Me visto a toda velocidad y me pongo la ropa con la que salí del trabajo. Doy gracias porque me traje mi gran bolso mochila y no abultaba nada, juro que voy a quemar esos vaqueros y la camisa. Tengo que admitir que me gustaban, me sentaban bien, aunque después de lo sucedido anoche y sobre todo, de la reacción de Don Perfecto, lo único que quiero es olvidarme de todo.

Bajo rápidamente y veo que él me espera en la recepción del hotel. Me mira contrariado al ver mi ropa, tan hortera según él, pero me importa bien poco. Me recuerda a la típica escena de *Pretty Woman,* cuando Julia Roberts baja con el multimillonario y todas la miran juzgándola por sus apariencias. Ahora mismo también me siento así, como una mujer utilizada. Todavía tengo sus palabras grabadas a fuego en mi mente.

Al llegar a las dependencias de la empresa, entra como un ladrón, mirando para que nadie nos vea.

—Tranquilo, si quieres me escondo en el maletero… —espeto malhumorada al ver su actitud.

Me mira cortante, y es que ha sido cambiar de día y parecer de nuevo el pijo estirado de siempre. ¿Dónde está ahora el encantador hombre que paseaba conmigo por los jardines? Decididamente, se lo ha tragado la tierra y el señor Rubén Torres vuelve a ser eso, el pijo estirado que conocí el primer día.

En cuanto estaciona el coche me bajo de él con rapidez y me voy a mi habitación, encontrándome con Alan por el camino.

—Vaya, vaya… Mi chica favorita.

—No estoy de humor, Alan… Mejor habla con tu amigo. Ayer se quitó el palo que tenía metido por el culo solo un ratito. Hoy parece que se lo ha clavado más adentro.

Alan suelta una sonora carcajada y continúa su camino, estoy segura de que acabará encontrándose con su querido amigo y este se lo contará todo, así que prefiero que salga de su boca.

Me meto en mi habitación, me pongo música y me tumbo en la cama. No he desayunado y la hora que es ya está cerrado el buffet, así que tendré que esperar a la comida. Aunque ahora mismo lo único que me apetece es dormir y olvidarme de lo sucedido.

Ojalá pudiera volver al pasado para cambiar las cosas. Borraría entero el día de ayer, y sería una bruja mala diciéndole a su padre que tiene un hijo que es un capullo integral. ¡Ah! Sin olvidarme del puñetero palo de su culo. Y ya de paso, decirle que hiciera el favor de quitárselo de una puñetera vez para que dejara de tocarnos las narices a todos y de ser tan bipolar.

Capítulo 28

No sé cómo hemos vuelto a llegar a este punto de casi tirarnos los trastos de nuevo a la cabeza. Bueno, sí lo sé. Ayer por la noche nos dejamos llevar, se nos fue de las manos y aunque tengo que admitir que fue una de las mejores noches desde hace mucho tiempo, despertar con esa visión todavía mejoró aún más. Pero esto no puede continuar. Quizás deberíamos haberlo hablado, debería haber sido un poco menos brusco de lo que fui, al menos por el bien del proyecto.

No es que no lo desee, ni mucho menos… Ella es… ¡Joder! La mujer más sexy y más maravillosa que he conocido en mucho tiempo. Pasar la tarde en su compañía, sin ataduras, descubrir sus gustos, sus aficiones y hablar más de nuestro futuro me gustó mucho. Ambos nos conocimos un poco más fuera de estas cuatro paredes y de la tensión que supone ser el jefe y cuando desperté esta mañana la realidad me golpeó con fuerza cuando me planteó lo del despido. Ambos habíamos cometido un error, aunque el que más delito tenía era yo. El problema es que llevaba tanto tiempo pensando en ella, me sentí tan cómodo a su lado, me agradó tanto lo que dijo de mí, que solo hice lo que dictaba mi corazón sin pensar en las consecuencias.

No quiero que ella piense que por acostarse conmigo tiene un trato de favor. Quizás por eso he sido también un poco áspero. Aun así, creo que nada bueno saldrá de todo esto, lo presiento.

Hoy he decidido que voy a pasar el resto del día en mi habitación, he llamado a las cocinas y he comentado que no me encontraba bien, por lo que me servirán la comida y la cena allí. Alan viene a verme a media mañana.

—Amigo mío…, ¿no tienes nada que contarme? Ayer te fuiste con tu pelirroja y no volviste en todo el día. Esta mañana me la he encontrado y no parecía muy contenta. ¿No cumpliste bien por la noche?

Le miro enfadado, juro que si no fuera mi mejor amigo y mano derecha, le estrangularía ahora mismo. Su sonrisa maligna es de esas que te gustaría borrar de un buen puñetazo.

—Alan, no tenses la cuerda…, hoy no es el día —le respondo con maldad.

—¿No vas a contarme qué ha pasado? Porque ella está de un humor de perros y tú tampoco pareces estar mejor...

—Digamos que he metido la pata —indico escuetamente.

—No es nada nuevo con ella.

—Esta vez hasta el fondo, y no me parece que tenga solución. Te pido por favor que no me des más la lata. Me duele la cabeza.

—Te has acostado con ella, ¿cierto?

Sus palabras me dejan atónito. ¿Tan predecible soy?

—No, y si así fuera no se volvería a repetir.

—Vamos, que sí —dice él abriendo los ojos como platos—. ¡Joder! Con razón dice la pelirroja que tienes un palo metido por el culo. Eres un amargado, seguro que ni lo habrás disfrutado, con lo despampanante que es...

¿El también? Verás como al final le doy ese puñetazo. Porque me tiene hasta las narices.

—Alan, no me busques que me encuentras. Te he dicho que hoy no es el día, ¿en qué idioma te lo tengo que decir para que dejes de tocarme los cojones?

—Vaya, amigo, pues sí que estás cabreado para soltar esa barbaridad por tu boca. Me voy, que no quiero ser el causante de más agresividad. Que pases un buen domingo, y tómate una valeriana… ¡Ya sabes! Para calmar un poco los nervios.

¡Capullo!

Cierro los ojos e intento relajarme para no tirarle la lámpara de la mesita. Aunque en parte no es culpa suya sino mía por ser así, como dice la pelirroja: un pijo estirado. Quizás tendría que intentar cambiar y dejarme llevar, como ayer. No va con mi naturaleza, solo de pensarlo me pongo tenso. Dejarse llevar es peligroso, como lo que pasó ayer.

Me recuesto y me quedo transpuesto hasta que llega la comida, después me centro en revisar varios correos en el portátil y por la tarde, hablo con mi madre y mi hermana. Luego paso la noche escuchando música hasta la hora de la cena y después me tumbo a dormir. Me cuesta conciliar el sueño, no dejo de pensar en ella, aunque al final lo consigo.

. . .

Cuando llego al gimnasio la veo ya allí, hoy es la primera vez desde que está en esta empresa que ha llegado incluso más temprano que yo. Intento cruzar la mirada con ella, y no contesta a mi saludo. Esto empieza con mal pie. No presagio un buen lunes…

Me pongo los cascos y decido correr en la cinta como hago habitualmente; no voy a pensar, solo a concentrarme en el ejercicio. Es difícil hacerlo teniéndola a ella a escasos diez metros, aunque al final lo consigo. Alan llega pasada media hora y sonríe al ver la estampa. Creo que está disfrutando de lo lindo con esto. Ahora soy yo el que saluda secamente a mi amigo. Sigo mi ejercicio y cuando por fin termino los dejo a ellos dos charlando.

Desayuno en mi habitación y me voy a trabajar, he decidido que voy a intentar tener el menor contacto con ella. Sé que será difícil, sin embargo sé que si intento pasar menos tiempo a su lado, evitaré confrontaciones innecesarias. Ella llega a su turno habitual, con media hora de antelación, de nuevo sin saludar y sin mostrar nada de cordialidad así que decido al menos poner algo de cordura al asunto.

—Buenos días, señorita Rodríguez…

Aún así, no contesta.

—¿Es usted muda? —pregunto en tono enfadado.

—No, pero he decidido ignorarlo... —responde con chulería.

—Soy su jefe, muéstreme un poco de respeto al menos —le reprocho sin arredrarme.

—El mismo que me mostró usted ayer...

Trago saliva. Ella ni siquiera me mira, es evidente que está enfadada.

—No sé de qué me está hablando —apunto aun así.

—Ah, ¿no? Ayer me sentí como una furcia —me espeta elevando el tono de voz.

—Berta, por favor... —le ruego—. Aquí no.

—¿No? ¿Por qué? ¡Ah, perdona! El jefe no quiere que nadie se entere de que se tiró a la becaria y después la hizo sentir como una puta mierda.

Me levanto enfadado. ¡Yo no hice tal cosa! ¿O... sí?

No creo que fuera así. Al menos no lo hice con esa intención.

—¡Señorita Rodríguez! ¡A mi despacho, ya!

—No me da la gana.

La miro con los ojos llenos de furia, si ahora mismo pudiera creo que saldría fuego por ellos.

—He dicho que a mi despacho, ¡¡ya!!

—No, es mi hora de trabajo.

—¡No me toques los cojones! —suelto fuera de mí.

Ella hace un gesto burlón de sorpresa que me saca aún más de mis casillas.

—Vaya, pero si el pijo estirado también sabe decir tacos.

Cierro los puños y aprieto las manos con fuerza intentado no golpear nada, estoy haciendo acopio de todas mis fuerzas, porque ahora mismo me veo capaz de todo, en el peor de los sentidos. Si ella fuera un tío, si qué le hubiera propinado un buen derechazo.

—¡Ve a mi despacho a las diez, si no estás despedida!

Salgo de la oficina que compartimos y me voy al despacho. Tengo que serenarme. Sé que lo que he dicho era en principio una amenaza vacía, juro que si de verdad no cumple con lo que le he dicho estoy dispuesto a hacerlo. Esto se nos ha ido de las manos, pero que me desafíe y hable así con la puerta abierta, cuando alguien puede oírla, me ha enfurecido tanto que ha sacado lo peor de mí. Esta mujer va a volverme rematadamente loco, lo sé.

Capítulo 29

De nuevo he vuelto a hacer frente al pijo estirado, es que esta noche apenas he pegado ojo recordando la noche que pasamos juntos y sus palabras a la mañana siguiente, como en una montaña rusa. Cuanto más lo pienso más genial me parece lo que compartimos, y más cruel su comportamiento después. Así que esta mañana tomé la determinación de intentar evitarle y ser lo más borde posible con él. Quiero odiarlo, quiero que se sienta igual de mal que me sentí yo ayer. Todo esto se ha vuelto a salir de madre y me ha amenazado con echarme. Somos como el fuego y la gasolina.

Si lo pienso bien, puede que marcharme sea la decisión más acertada, quedan menos de dos semanas para finalizar el proyecto y aunque me da mucha lástima no concluir mi trabajo prefiero que sea así, han pasado muchas cosas y él solo puede terminar de desarrollarlo junto al resto del equipo. Y yo me iré con la cabeza muy alta.

A las diez menos cinco, sentada en mi mesa, estoy pensando si seguir tensando la cuerda y no ir a su despacho o ser valiente, dar la cara y decirle lo que pienso para después marcharme como una reina.

«Sí, eso es lo mejor, Berta, dar la cara», me digo a mí misma.

¡Y eso es lo que voy a hacer! Me levanto decidida y, con paso calmado, me dirijo al despacho, es entonces cuando veo a varios agentes de policía acompañados por Alan que están entrando por la puerta.

¡Mierda! ¿Se tratará de mi caso? Ahora mismo me fastidia no ser yo quien esté ahí averiguando quién intentó envenenarme, y aunque se me pasa por la cabeza irrumpir, creo que, tal y como está la situación, solo conseguiría otro estallido por parte de Rubén y que acabara todo como el rosario de la aurora. No, es mejor no tentar a la suerte cuando se trata de algo tan serio.

Espero pacientemente y después de media hora, los policías salen de nuevo con Alan. El pijo estirado les acompaña también hasta la puerta y cuando me ve, su semblante cambia. De inmediato me hace un gesto para que pase.

—Dime, qué querías —le solicito con premura sin ninguna cordialidad.

Él me mira furioso. Sé que no estoy siendo nada educada, se lo merece, por capullo.

—Para serte sincero, debería obviar el motivo por el que los agentes han venido aquí, aunque me considero mejor persona que tú… —expone con tanta soberbia que casi puedo ver como me fulmina con la mirada.

—¡Ja! Eso es muy discutible —le rebato.

—¡Mira! No estoy de humor… Saben que, en efecto, fue Mara quien envenenó tu café… De hecho, por lo que ha declarado uno de los dependientes, llevaba haciéndolo varios días. El testigo ha declarado que le pagó para hacerlo.

—Entonces ya está, ¿no?

—No, está desaparecida. No hay ni rastro de ella en todo el país. Están intentando localizarla, debió huir al enterarse de que su plan no había funcionado.

—¡Mierda! —gruño malhumorada.

—Darán con ella, será cuestión de tiempo —comenta intentando apoyar su mano en mi hombro, gesto que rechazo de inmediato y le miro con dureza.

—Estoy aquí para hablar, como me has indicado. Así que habla —le replico enfadada.

Por un momento parece que está a punto de montar otra vez en cólera. Finalmente respira hondo y habla con calma, aunque en tono autoritario.

—Lo de hoy no se puede repetir, no puedes gritar en nuestra área de trabajo. Lo que pasó…

—Claro que no se va a volver a repetir. Quiero que me despidas.

—¿En serio, quieres irte? —cuestiona y su semblante cambia por completo.

—Sí, para ti he sido una más, una mujer con la que acostarte y después ya está. Así es que me largo, yo no estoy aquí para ser el juguete de nadie y que luego me traten como si fuera basura. Yo tengo mi dignidad, ¿sabes?

—¿Una más? ¿Un juguete? —plantea con la mirada teñida de sorpresa y algo dolido—. Eso no es cierto —añade acercándose lentamente—. Berta…, me pareces la mujer más interesante y atractiva que he conocido en mucho tiempo…

—Déjalo. No intentes convencerme —le freno.

—Te necesitamos…

—No te equivoques. Ya te he calado —le suelto alejándome un paso y señalándole con el dedo—. Los tíos como tú, guapos, ricos y que dirigís la empresa que papá os deja porque no sabéis hacer otra cosa, crees que podéis tener a cualquier mujer a vuestros pies. Pero conmigo has dado en hueso, guapo. Sí, puede que vista mal, que hable mal y que sea un poquito adicta a los donuts y la cafeína. Yo nunca he dependido de mis papaítos para ser quien soy, por eso vine a Madrid, para intentar ser yo misma, hacer mi vida a mi manera y que todo el mundo me valore, por eso y no por otra cosa. Por ser Berta Rodríguez, por mi talento, no por los logros de mis padres.

Su gesto se queda congelado, como si hubiera recibido un buen golpe en las pelotas, y por un momento me pregunto si no he sido demasiado cruel. Pero estoy dolida.

—Tienes razón, nunca he hecho nada por mí mismo… —suelta al fin—. Siempre he estado bajo la sombra de mi padre, la única decisión acertada que he tomado por mí mismo ha sido contratarte a ti y ha sido la mejor que he tomado en toda mi vida. Y aunque no me creas, cuando lo hicimos no conocía tu identidad, no sabía quién era tu padre hasta que Alan me lo comunicó después. Sí, es cierto que pensé que sería un punto a nuestro favor, desde luego. También es cierto que el sábado no le hablé a mi padre de ello. Quizás en el pasado haya utilizado mis privilegios de niño rico para seducir a alguna mujer, tampoco lo niego, sin embargo contigo ha sido diferente. Me sacas de mis casillas, aunque también provocas algo en mí que ninguna otra mujer había conseguido antes —dice con un suspiro y se pasa las manos por el pelo. De pronto parece cansado y vencido—. Eres la antítesis de la mujer con la que yo saldría, y aun así, me encanta estar contigo, trabajar contigo… cuanto más tiempo pasamos juntos, más claro se me hace que tengo que estar a tu lado.

»Pero yo puse las normas, yo soy el jefe de esta empresa, al menos hasta que finalice este proyecto. Debo y tengo que dar ejemplo a mis trabajadores, aunque no haya un solo minuto que no desee besarte y volver a tenerte en mi cama para hacerte mía, porque desde que te conozco no dejo de pensar en ti, en nosotros.

Sus palabras me dejan sin aliento. ¡Mierda! ¿En serio desea volver a acostarse conmigo? Porque aunque me lo niegue a mí misma e intente odiarle, mi mente no deja de imaginarlo de nuevo a mi lado.

Ambos nos quedamos mirándonos sin decir nada más. Y después de unos segundos que parecen eternos, se acerca a mí.

—Dime algo… —susurra nervioso.

—¿Qué quieres que te diga después de lo que acabas de confesarme? —interpelo nerviosa.

—Al menos di que no te irás… —responde acariciando con ternura mi mejilla.

Cierro los ojos, saboreando esa caricia. No es justo. Siento que de nuevo estoy perdida, como lo estaba la noche del sábado. Todo comenzó como un tonteo, pero en cuanto empezó a posar sus manos en mi cuerpo, ya no supe reaccionar.

—No funcionará…, los dos lo sabemos…

—Solo serán un par de semanas y después… Después tú y yo…

—¡Shh! Bésame —le digo, harta de pensar y de luchar.

Me besa con pasión y cuando nuestros labios se separan, salgo a toda prisa del despacho para no volver a cometer de nuevo una locura.

Capítulo 30

Me sinceré, me pidió que la besara y doy gracias a que saliera de allí despavorida, si no estoy seguro de que habríamos vuelto a caer en la tentación. Y es que ya lo dice el dicho: el hombre es el animal que tropieza dos veces con la misma piedra, quien dice dos dice tres, cuatro… Porque con la pelirroja yo estaría dispuesto a tropezar todas las veces que se pusiera en mi camino.

Suspiro profundamente y decido quedarme en mi despacho, intentando calmarme un rato, dejando que mis emociones se tranquilicen y no echen por tierra todo el trabajo que tanto nos ha costado realizar. Me centro en los emails no leídos y en organizar algunos datos. Finalmente, la puerta se abre y aparece Alan con una de sus sonrisas canallas.

—¿Hoy tampoco piensas regalarnos tu presencia en el comedor? —me rebate.

—¡Vaya! Ni me he dado cuenta de la hora… Ahora mismo voy.

—¿Sigues evitando a la pelirroja?

—No —respondo con rotundidad.

Aunque lo cierto es que después de ese maravilloso beso tampoco sé cómo vamos a reaccionar.

Me mira con malicia y me levanto despacio, imagino que evitando el confrontamiento. Cuando salgo por la puerta suelta una sonrisa maliciosa.

—¿Qué demonios te pasa? —suelto de mal humor.

—Digas lo que digas, creo que estabas aquí escondiéndote de la pelirroja. ¿Ves? al final la he acabado llamando como tú. Y mi Berta es un amor, pero todo lo malo se pega..., menos la hermosura, o en tu caso, la fealdad, porque yo estoy mucho más bueno que tú. Por algo me eligió a mí antes que a ti.

Bueno, bueno, bueno... ¿Y esto a qué viene ahora?

—¿Qué quieres, Alan? Te lo dije ayer y te lo repito, no me busques que me encuentras.

—Lo que quiero es que saques al verdadero Rubén, ese que llevas dentro, y te desmelenes de una vez por todas, que luches por lo que quieres. Que luches por Berta —me suelta plantándome cara.

—Es imposible, al menos hasta que no terminemos el proyecto.

—Pues eres tonto. Ella se irá y tú perderás la oportunidad de tener a la mujer más inteligente, guapa y maravillosa de toda tu vida. Ahí lo dejo.

Entramos en el restaurante y la veo, sentada en una mesa, sumida en sus propios pensamientos mientras revolotea con el tenedor sobre su ensalada. Alan se dirige a su mesa y la saluda con cordialidad. Yo me siento en el sitio de siempre, coloco los cubiertos y el plato según mi ritual y voy a por mi comida. Al volver a mi lugar, veo a mi amigo y a la pelirroja comer entre charlas y risas. Eso me enerva. Al terminar mi plato, me levanto y antes de salir de allí, me dirijo a su mesa.

—Señorita Rodríguez, terminaré el resto de mi jornada laboral con usted. Me gustaría que regresara a su puesto cinco minutos antes para que me pusiera al día.

—Como quiera, señor Torres.

Me marcho a mi habitación hasta la hora en que la he citado. No quiero importunarla si decide ir antes a trabajar, como es costumbre en ella, y cuando llega la hora, como me había imaginado, se encuentra trabajando.

—Buenas tardes, señorita Rodríguez.

—Buenas tardes, señor Torres… —responde algo intimidada.

—¿Comenzamos? —pregunto con cordialidad.

Al principio no parece ni ella misma, en cuanto empieza a hablarme del proyecto, de lo que ha avanzado, parece centrarse en eso y olvidarse de lo que ha sucedido esta mañana. Casi lo agradezco, ese olor, esa preciosa mirada de ojos verdes, a veces me obligan a regañarme mentalmente para que me centre en lo que me dice y no solamente en ella.

La tarde se ha pasado volando y cuando nos damos cuenta, enzarzados en terminar una de las cosas que la semana pasada había quedado en el aire, concluimos la jornada laboral.

—Gracias —le explico cuando finalizamos.

—¿Por? —inquiere un poco confusa.

—Por volver a trabajar conmigo. Por no marcharte, por ser tan profesional y por olvidar lo sucedido…

—No he olvidado lo sucedido, no te equivoques… Lo que ha pasado, ha pasado y no podemos cambiarlo. Pero este proyecto es importante, y no solo para nosotros: hay mucha gente que depende de ello, creo que no podemos defraudarlos. Así que me esforzaré al máximo y no les dejaré colgados.

Asiento con admiración. Como siempre, tiene razón. Y Alan también la tiene cuando dice que Berta es una mujer muy inteligente. Y pensar que cuando nos conocimos la juzgué mal...

—De acuerdo, aunque me gustaría que pensaras en lo que te dije. Quedan dos semanas, y me gustaría que después...

—Todo se verá. No adelantemos acontecimientos. Ahora lo único que quiero es descansar. Buenas tardes.

—Igualmente.

Me regala una bonita sonrisa y decido no ahondar más en el tema, hoy todos nuestros sentimientos están magnificados, así que como bien dice, será mejor esperar a que pase lo que tenga q pasar.

Hoy y sin que sirva de precedente, al concluir mi jornada no voy a hacer deporte, solamente a cenar y después a descansar. Ha sido un día intenso, si a eso le sumamos que la sinvergüenza de Mara aún sigue desaparecida. No cesaré en el intento de buscarla. Puede que la policía haya dado su búsqueda por concluida, pero yo no voy a rendirme.

Capítulo 31

Estas dos últimas semanas, parece que todo ha vuelto a la normalidad. Es decir, parece que todo por fin es normal. Sin broncas, sin tensiones. Rubén y yo hemos trabajado muy bien juntos, y en lo personal parece que todo se ha estabilizado. De vez en cuando compartimos algún roce, alguna mirada, que nos remueven por dentro: eso no hemos podido evitarlo. Aunque por lo demás tengo que admitir que ha sido un placer concluir el proyecto un día antes y creo que, aunque suene arrogante, ha quedado perfecto para presentarlo al cliente dentro de dos días.

—¡Lo conseguimos! —exclama eufórico al terminar el último ensayo, y pone su mano extendida para que yo la choque.

Así lo hago y sonrío.

—¡Sí, lo hicimos!

Le sonrío y de pronto empiezo a ponerme nerviosa. Aún no sé muy bien por qué. Quizás porque termina mi trabajo, con el que estoy muy satisfecha y a gusto, y también porque él dijo que cuando terminara este proyecto le gustaría que le diéramos una oportunidad a lo nuestro. A esas miradas furtivas que nos piden a gritos que demos rienda suelta a la pasión, a todo eso que hemos sabido mantener a raya, al menos en el trabajo, porque en sueños no he podido evitar que él aparezca una y otra vez para hacer todo lo que no podemos hacer en la vida real.

¿Quién me iba a decir a mí hace tres meses que iba a acabar sintiendo algo por él? ¿Quién me iba a decir que después de tantos trabajos horribles y de jugar todas las semanas a la lotería él sería la mía? Porque, para ser sincera, me tocó el premio gordo. Tengo todo el dinero de estos tres meses, que me permitirá vivir desahogada durante un tiempo si no encuentro nada después de esto, y tengo… bueno, puede que tenga la oportunidad de vivir una relación. Aunque no sé si debería ilusionarme, pero ¿cómo no hacerlo?

—¿Todo bien? —me plantea después de unos segundos en los que me encuentro perdida en mis propios pensamientos.

—Claro, por supuesto. Aunque me apena terminar —confieso.

—Míralo por el lado positivo, te libras del pijo estirado —comenta con una sonrisa pícara.

—Empezaba a cogerle el gusto a trabajar con él —le respondo devolviéndole la sonrisa.

—Y él a trabajar contigo. De hecho, he pensado que mañana os voy a dar todo el día libre. Sois un equipo fantástico y hemos terminado antes de tiempo así que…

—¡Qué detalle, jefe! Si nos hubieras comprado la cafetera estoy segura que te habríamos considerado un jefazo —suelto con un poquito de sarcasmo.

Él se echa a reír. Me gusta verle así de relajado.

—No se puede tener todo en esta vida, quizás para el siguiente proyecto…

Y eso me deja algo descolocada. ¿Habrá un siguiente proyecto? ¿Trabajaré para él? Son misterios sin resolver, como los de Iker Jiménez.

—Quizás… —replico sin más, cuando estoy a punto de irme.

—Una cosa más… ¿te apetecería acompañarme a la exposición del proyecto?

Mi cara ahora mismo debe ser un poema, porque él me mira también algo impactado. Es que no me esperaba para nada que me lo pidiera y, para ser sincera, no sé si estoy preparada. Además, podría encontrarme a mi padre. Se rumorea que también estuvo en la anterior exposición y no sé si realmente quiero encontrarme cara a cara con él en esta tesitura.

—No creo que sea una buena idea.

—¿Temes encontrarte con tu padre?

«¿Acaso me ha leído la mente? ¡Lo ha clavado!».

—No, claro que no —le miento—. Es que no creo que sea yo la persona más adecuada para acompañarte, en primer lugar debería de ir tu padre. Si él no puede hacerlo, la persona que debería ir, sin duda, será Alan, tu mano derecha.

—¡No digas tonterías! Mi padre sí va a acudir, no lo dudes ni por un momento. Creo que no se lo perdería aunque le atropellara un camión y estuviese muriéndose. Para bien o para mal, es su empresa y sigue sin confiar plenamente en mí, no te lo voy a negar. En el caso de Alan, él no podría ayudarme en nada. Es un buen asistente, me ayuda en muchos asuntos legales de la empresa y me aconseja en otros, pero no puede hacerse cargo de esto. A la hora de defender este proyecto, si yo meto la pata en la exposición o simplemente en la ejecución del mismo, la única persona que podría tomar las riendas y reconducirlo, eres tú. Y no creas que te he invitado como «hija de», por favor. Es porque realmente creo que eres la más preparada y confío plenamente en ti.

—Lo sé, me queda claro —le interrumpo—. Es que eso también me turba. Si me encuentro a mi padre, no sé si seré de mucha ayuda —le confieso finalmente.

—Bueno… creo que es hora de que ambos demostremos a nuestros padres de lo que somos capaces, ¿no crees?

Visto así, tiene toda la razón. Asiento, frunciendo el ceño con renovada determinación.

—Lo pensaré, pero no te prometo nada.

—De acuerdo.

Me retiro del lugar donde hemos trabajado durante más de dos meses con una mezcla de emociones: tristeza y alivio. Esto marca una nueva etapa en mi vida y sin duda también puedo decir que soy una persona nueva. Y que a mis compañeras de piso les he dado una lección. Siempre me decían que no sería capaz de encontrar un trabajo que me durara más de un mes… Aquí está la prueba. Es cierto que ha habido muchos momentos de tensión, que he estado tentada a irme, que Rubén ha querido echarme, pero estoy aquí, ahora, y eso es lo que importa.

Cuando estoy caminando por el pasillo en dirección al gimnasio, Alan me intercepta y me mira expectante.

—¿En qué piensas, Berta?

—Que, aunque dentro de dos días me quedaré sin trabajo, con esta experiencia soy una nueva persona.

—Bueno, no sabes si te quedarás sin trabajo, el pijo estirado lo mismo te ofrece otra cosa…

—No lo sé, aunque si eso no ocurre, me voy muy satisfecha por lo que he hecho aquí y sobre todo por lo que he aprendido. Como te he dicho soy una nueva persona, en muchos sentidos. Ha habido momentos duros por mi causa y también por culpa del pijo estirado —digo con sarcasmo—. Aunque sé que no se lo he puesto fácil.

—Bueno, no nos olvidemos de que sigue teniendo metido el palo por el culo…

Nos echamos a reír por la dichosa broma y nos dirigimos al gimnasio después de pasar a cambiarnos. Eso relajará un poco las tensiones del día.

En la cena, Don Perfecto —de nuevo he decidido volverle a llamarle así— ha informado a la gente de que mañana tenemos el día libre, aunque no pueden salir de las instalaciones por el riesgo de filtración de datos. Pero un día libre siempre es una buena noticia y todos mis compañeros se muestran encantados.

Yo no sé qué haré, seguramente tirarme todo el día en la cama. Sí, ese sería un buen plan.

«Mejor en buena compañía, ¿no?», me pregunto a mí misma.

Sí, eso estaría bien, aunque con todo el mundo merodeando por aquí esa es una malísima opción, desde luego.

Capítulo 32

Ha sido increíble lo rápido que han pasado estas dos semanas. Por una parte estaba deseando que fuera así, aunque ahora me entran las dudas. Espero que el cliente quede más que satisfecho, y mi padre también para que vuelva a mandarme liderar otro proyecto y así contratar a Berta, si no...

Si no, tengo una propuesta que hacerle. No sé si aceptará, no quiero perderla de ninguna de las maneras. Por el momento quiero que me acompañe a la presentación y después todo se verá. Hablo con mi madre y le cuento todo lo acontecido y después me tumbo para que el sueño me lleve una vez más a aquella maravillosa noche a su lado.

. . .

El día de descanso que he dado al equipo no es válido para mí: yo me dedico a dejar todo listo para la presentación. La gente está de aquí para allá, incluso Alan monta una mini fiesta en el restaurante y les veo disfrutar y desfogarse como niños. Se lo merecen. Por la tarde, es Berta quien me coge de la mano y me lleva al restaurante.

—Señor Torres, se merece un descanso... —me dice con una bonita sonrisa que me desarma.

Entro y es entonces cuando encuentro a todo el mundo esperando, en semicírculo, y empiezan a cantarme: «Porque es un jefe excelente, porque es un jefe excelente...».

Y a mí me parece todo bastante surrealista. ¿En serio me están cantando eso?

Alan me mira con cara de satisfacción y yo no puedo más que estar agradecido. Todo ha sido idea suya. Lo sé.

—¡Muchas gracias! —digo al final, entre aplausos, agradecido y emocionado—. No sé ni qué decir..., solo sé que este proyecto no habría salido adelante sin todos vosotros. No sé qué ocurrirá mañana ni si habrá más proyectos en los que podamos trabajar juntos. Solo sé que habéis sido, todos y cada uno, imprescindibles. En nombre de esta empresa, quiero daros las gracias por vuestro magnífico trabajo y también por aguantarme. Sé que soy un poco estricto... —Se oye un carraspeo generalizado y rectifico— Vale..., bastante estricto. Prometo que me relajaré si hay un siguiente proyecto. Tenéis que entender que era mi primera vez como jefe…, algunos me conocéis como compañero, sois antiguos trabajadores de mi padre… Sabéis que es exigente y yo…, quizás siempre he querido parecerme a él. Ahora me doy cuenta que realmente lo que nos define a cada uno es ser como somos. Eso lo he aprendido de vosotros —explico mirando a Berta— así que gracias por aguantarme, por ayudarme y por hacer que este proyecto haya llegado a buen puerto. Estoy seguro que merecerá la pena. Ahora, ¡a disfrutar!

Todos aplauden y Alan se encarga de la música. Ni siquiera sé de dónde narices ha sacado algo de alcohol, pero qué demonios, tomaré una cerveza. Cuando me fijo, veo que todos bailan con la pelirroja. ¡Es la única mujer! Y yo miro cómo lo hace, con ritmo, con elegancia y sobre todo moviéndose de una forma que me está volviendo loco.

—Ve a por ella… —me susurra mi amigo, que aparece a mi lado para coger su segunda cerveza.

—No es lo más ético…

—Es el último día, nadie te va a juzgar.

Suelto un suspiro y ¡mierda! ¡Qué demonios! Alan tiene razón y si me juzgan esto se ha acabado, estamos divirtiéndonos y yo también tengo derecho a hacerlo así que me acerco a ella y desplazo a otro compañero con un guiño.

—¡Es mi turno!

El muchacho no dice nada, sonríe. Ella, sin embargo, ha cambiado su gesto. No sé si le gusta que me haya acercado a ella para bailar.

—Relájate —le susurro—. Solo bailo contigo como el resto de tus compañeros.

Ella dibuja una fingida sonrisa y sigue bailando. Sé que no está cómoda por lo que cuando termina la canción le hago una reverencia y me marcho de allí.

—¿Qué ocurre? —plantea mi amigo confuso.

—La pelirroja estaba nerviosa. Creo que ha sido lo mejor.

—Entonces bebamos, después me acercaré a ella, la emborracharé y acabaréis los dos en la misma cama como el día que salisteis de fiesta en Madrid.

¡Será capullo! ¿Cómo demonios se ha enterado de eso? Yo no le he dado detalles.

—¿Te lo ha contado ella? —interpelo enfadado y sorprendido.

—No, ni tú ni la pelirroja habéis dado muchos detalles, pero ya sabes que tengo mis contactos.

¿Qué demonios significará eso? ¿Ha puesto un detective?

Mi amigo cada día me sorprende más.

—¿Acaso nos estaban siguiendo?

—Cariño, sabes que soy un cotilla, si tú no me cuentas las cosas y ella tampoco, utilizo mis propios medios para enterarme. Recuerda que llevo tus cuentas personales también. Es fácil persuadir a la gente cuando se trata de alguien como tú.

—¡Capullo! ¿Quién nos vio?

—Vamos, Rubén... Tranquilízate... No tienes nada que temer... Todo el mundo que lo sabe mantendrá la boquita cerrada —ríe.

—Ya me quedo más tranquilo —le rebato enfadado.

Aunque no lo estoy, no quiero que nuestra aventura llegue a oídos de mi padre o del suyo. Al final, la tarde-noche se torna de otro color distinto y decido irme a acostar, después de coger un sándwich del buffet. No entiendo quién narices nos vio o cómo demonios se ha enterado Alan. Pero no descansaré hasta que lo sepa. No quiero arruinar mi vida por algo que no sé si volverá a suceder, y menos la de ella.

Capítulo 33

Después de una fiesta un tanto extraña y de no pegar ojo en toda la noche, aquí estoy preparándome para ir de nuevo de compras con Don Perfecto y acudir a la presentación del proyecto. Y es que no sé por qué narices me he dejado liar. Porque ahora sí que sí, tengo que ir de punta en blanco. No sé si mi padre estará allí. Por una parte me gustaría que estuviera y demostrarle lo mucho que valgo. Él sabe que tengo un gran potencial, eso nunca lo ha dudado, si realmente se lo demuestro entonces mi madre lo sabrá de primera mano. Y aunque no pueda verle la cara cuando él se lo cuente, me la puedo imaginar y con eso me conformaré. Aunque al mismo tiempo me da pavor presentarme allí y tener que hablar, si es el caso, delante de él para exponer el proyecto. Me temo que puedo quedarme como un árbol, muda y sin palabras a la hora de dar la cara.

Unos toques en la puerta me devuelven a la realidad. Estoy con la ropa puesta, esta vez son los vaqueros y la blusa que él me compró. Al final no acabé tirándolos y él me mira con cara de satisfacción.

—Buenos días, Berta, ¿estás preparada?

Me sorprende que me llame por mi nombre aquí. Es temprano y me imagino que será por eso. Nadie hoy tiene que madrugar, están todos de descanso hasta que regresemos y se decida qué será de todos nosotros…

—Buenos días, señor Torres —le digo yo con cordialidad—, sí lo estoy.

Él me mira contrariado. No quiero que nadie pueda escucharnos y vea que entre nosotros hay algo. Ayer con el baile me causó cierta incomodidad. No quiero que eso se vuelva a repetir.

Me observa y me hace una señal para que nos vayamos. De nuevo vamos en su coche, volvemos al centro comercial donde estuvimos la otra vez, desayunamos algo ligero y, sin que sirva de precedente, me dejo asesorar por él. Me compro un traje de falda y americana, negro con una blusa blanca. También unos zapatos de salón. Unos *stiletto*, como dice la dependienta, también en negro. Me lo llevo todo puesto y me miro al espejo. Me he dejado el pelo suelto. Veo admiración en la cara de Don Perfecto y tengo que admitir que una parte de mí se siente orgullosa.

—Estás perfecta… Ahora sí que estoy seguro de que nadie podrá pararte.

No sé si sentirme halagada o un poco defraudada por sus palabras. No necesito un disfraz para demostrar quién soy, el talento no necesita trajes. Aun así no digo nada. Asiento y regresamos a su coche, estacionado en el aparcamiento del centro comercial. Mira el reloj y chasquea la lengua.

—Vamos con el tiempo justo… —comenta algo turbado.

Nos adentramos en la carretera rápidamente, conduce de manera agresiva, creo que se ha puesto nervioso al ver que quizás nos hemos entretenido más de la cuenta. Aunque toda la culpa es suya por empeñarse en llevarme como un mono de feria. A medida que avanzamos se exaspera con el tráfico que es habitualmente lento en las zonas más céntricas y cuando por fin logra estacionar suelta un bufido y un improperio poco habituales en él.

—¡Llegamos tarde!

No sé a qué hora ha quedado, miro el reloj y son las diez y media justas. Me agarra de la mano llevándome agarrada hasta la recepción a toda prisa.

—Buenos días, teníamos una reunión a las once —expone a la recepcionista—. Soy Rubén Torres, de la compañía…

—Por aquí, les están esperando —interviene una señorita sin dejarlo terminar.

¡Joder! Qué gente más rara. Normal que señale que llega tarde, si ya le esperan.

Nos conducen a una sala y cuando se abre la puerta todos mis miedos se materializan en realidad: su padre, mi padre y otra tercera persona están allí. Seis pares de ojos nos miran expectantes. Los del padre de Don Perfecto enfadados, los de mi padre con sorpresa y los de la tercera persona sin pena ni gloria.

—Buenos días…, siento el retraso. El tráfico… —se disculpa Don Perfecto.

—Buenos días, Rubén. No importa el retraso cuando traes a la mujer más bella del mundo —suelta mi padre dibujando una bonita sonrisa. Yo también le sonrío, algo intimidada por lo que acaba de decir.

Los otros dos hombres se quedan mirando sin saber qué decir. Parecen bastante sorprendidos.

—Disculpen mi osadía —aclara mi padre— es mi hija y hacía al menos cinco meses que no la veía. Estás preciosa, hija —finiquita don una sonrisa de felicidad que hacía tiempo no veía en sus ojos.

La cara de Gregorio Torres ahora sí que se torna a sorpresa.

—Gracias, papá… —le respondo tímidamente.

—¿Nos dan cinco minutos, caballeros? Solo serán cinco minutos, se lo prometo —les pide mi padre.

—Por supuesto, Don Manuel —interviene Don Perfecto.

—Claro, tómese cuanto necesite. Cinco meses es mucho tiempo —concluye su padre.

Mi padre me agarra de los hombros y cuando salimos me estrecha entre sus brazos.

—Hija, ¡qué alegría verte! —exclama al fin—. Mírate, estas…, diferente. No sabía… —titubea de la emoción.

—Lo sé… Dichoso traje. —Mi padre se ríe. Me conoce bien—. Al principio tampoco sabía que erais vosotros para los que estábamos trabajando… Lo descubrí más tarde… Han sido unos meses complicados. Pero estoy segura de que no os va defraudar el proyecto, todo el equipo nos hemos dejado la piel en él. Aunque quiero que seas justo y sincero. No te dejes influir porque yo forme parte de él —concluyo intentado que no se deje cegar por mi presencia.

—Siempre lo he sido —me dice guiñándome el ojo.

Niego con la cabeza, reprimiendo una risa. En casa, mi padre siempre medía mis castigos con mucha benevolencia, no como mi madre.

—Papá…, nos conocemos y siempre he sido tu ojito derecho —le regaño.

—Eres mi hija…, mi única hija.

—Por favor…, confía en este trabajo. Te lo ruego —le ruego, intentando que entre en razón.

—Así lo haré. Pero no dudo en que será perfecto, tú eres perfecta —suelta y yo sonrío.

Es mi padre, el hombre más maravilloso que he conocido jamás.

—Te quiero papá, gracias por tener tanta fe en mí. Siempre —respondo emocionada.

Nos damos otro abrazo y nos adentramos en la sala esperando a que comience la reunión. Una que espero sea un éxito, no solo por mí, sino por toda la gente que ha trabajo en este proyecto, incluso por Don Perfecto.

Capítulo 34

Berta entra con su padre, ambos parecen bastante afectados por el encuentro. Es normal, cinco meses sin verse tiene que ser un encuentro emotivo. Mi padre me ha felicitado por la jugada en cuanto ha podido acercase a mí, aprovechando una llamada del otro socio, aunque le he dicho que no tenía nada que ver. Ella es una buena trabajadora, me parece que no me ha creído. Es una lástima, siempre pensando mal...

Preparamos la exposición y a las once en punto, es él quien comienza hablar de la empresa y su identidad, haciendo un extraño hincapié en los valores familiares, algo que entre nosotros siempre ha brillado por su ausencia, más en los últimos tiempos. En cuento termina me da paso a mí.

Por un momento, soy consciente de que muchas de las cosas que ha dicho han sido para meterse a Don Manuel en el bolsillo y eso me ha cabreado, demasiado. ¿Valores familiares? ¡Pero si se comporta conmigo como un cabronazo! Berta me mira contrariada, se me debe estar notando el enfado, pero es que mi padre me saca de quicio. Él me reta con la mirada por mi actitud y es entonces cuando ella coge mis apuntes y comienza a exponer los pormenores del proyecto, los resultados de todos los ensayos. También cuenta un poco la experiencia y lo que hemos vivido desarrollando el mismo, saliéndose un poco del guión establecido.

Es buena, muy buena, hablando y vendiéndolo. Y no solo lo pienso porque me guste y ahora tenga muchos sentimientos hacia la pelirroja, sino porque se defiende muy bien. Después de la presentación, les hacemos la demostración y su padre la mira con admiración. Nunca he visto a mi padre mirarme así, siento celos, no puedo negarlo. Yo me he desvivido por este trabajo, he sufrido, he padecido horas y días completos sin dormir y mi padre ahora mismo simplemente me está regalando una mirada mezquina.

—Sin duda era lo que esperábamos —dice el otro hombre con satisfacción—. Nos lo quedamos, ¿verdad Manuel? —le plantea a su socio con una sonrisa triunfal.

—Por supuesto que nos lo quedamos, ha superado con creces lo que esperábamos.

Enhorabuena, señores Torres, han hecho un magnífico trabajo.

Doy gracias a que el padre de Berta me estrecha primero a mí la mano y después a mi padre. Este sigue lanzándome miradas de advertencia y de decepción, aunque después felicita a Don Manuel por tener una hija tan talentosa.

¡Mierda! ¿Y a mí no me dice nada?

«No, tú la has cagado, Ru», me respondo yo solito.

Y tiene razón. Sin embargo tengo clara una cosa: este es el último trabajo que hago para mi padre. Aunque eso suponga renunciar a una bonita y maravillosa vida sin problemas económicos, nunca más voy a trabajar para él.

—Señor Torres, ¿puedo disponer de mi hija un rato más? Yo mismo la llevaré después a su lugar de trabajo —me solicita el padre de Berta, y yo asiento.

—Claro, por supuesto, señor Rodríguez.

Salgo de allí al lado de mi padre, no me gusta nada esta situación, sin embargo voy a afrontarla lo mejor que sé. Voy a tomar el toro por los cuernos y cuanto antes, mejor.

—¡Eres un inútil hijo! Dejar que tu subordinada exponga un proyecto de tal magnitud... Te ha dejado en ridículo.

—¿Sabe por qué lo he hecho? Porque odio la falsedad. —Me detengo y me planto delante de él para enfrentarnos cara a cara—. Las palabras con las que habló sobre nuestra empresa, esos valores familiares de los que tan orgulloso se mostró, eran falsedades. Siempre he querido ser como usted, ahora me he dado cuenta de que estaba equivocado. He perdido cuatro meses queriendo demostrarle que soy bueno, y ¿sabe qué? Lo soy. Al menos mis trabajadores así me lo hicieron saber, y si no se lo parece, peor para usted, padre. ¿Y sabe otra cosa? No hace falta que me despida. ¡Dimito!

—¿Qué? ¡No puedes dimitir! Nunca vas a encontrar nada... ¡Eres un lastre!

Le dejo allí, chillando y lanzándome reproches a distancia; sin embargo, yo me he quedado muy tranquilo. Cojo mi coche y me dirijo a las instalaciones. Voy a echar de menos todo aquello, aunque lo que más voy a echar de menos es a la gente, sin duda...

Al llegar, Alan ya está al corriente. ¡Qué rápido es mi padre!

—¡Eres mi héroe! —exclama abrazándome.

—Gracias…, debí hacerlo mucho antes. Creo que al menos el palo por el culo ya me lo he quitado, ¿no? —suelto con una media sonrisa.

—Sí, sin duda. Seguro que te has quedado muy a gusto.

—¡No sabes cuánto!

—Ahora solo te falta una cosa por hacer… —expone con picardía.

Le miro ceñudo. No entiendo nada.

—¡Perseguir a tu pelirroja!

Sí, es cierto, esa es mi asignatura pendiente. Espero y deseo que aún siga queriendo formar parte de mi vida, porque ahora que voy a ser un pobre desgraciado, no sé cómo verá la situación.

Comienzo a recoger mis cosas, No sé que pasará ahora con estas instalaciones, sé que las voy a echar de menos. Miro alrededor, recordando cada momento bueno y malo transcurrido aquí. Es el fin de una etapa.

Cuando estoy a punto de terminar, aparece Berta acompañada de su padre.

—Señor Torres, ¿qué ocurre aquí? —me pregunta él.

—Digamos que voy a emprender una nueva vida...

—¿Se va? Tenía entendido que iban a seguir trabajando con nosotros —expone confuso.

—Sí, me voy. Imagino que nuestra empresa seguirá trabajando con ustedes, aunque no seré yo quién dirija el proyecto. Mi padre le pondrá otra persona de inmediato, no se preocupe...

—Denme unos minutos —dice Don Manuel, y sale de allí muy decidido.

La pelirroja me mira expectante y es entonces cuando decido jugármelo a todo o nada.

—Me voy..., aún sigue en pie lo que dije aquel día... —susurro.

—¡Shh! Ahora no es el momento.

Su padre no ha tardado ni cinco minutos en realizar esa llamada.

—Todo solucionado. Usted no se va.

—¿¡Qué!? —planteo sorprendido y un poco molesto.

—Que no se va.

—Lo siento, señor Rodríguez, mas no trabajaré para mi padre, me he despedido —concluyo tajante.

—Sí, lo sé. He roto el acuerdo con él. Su padre es un arrogante. Desde ahora mismo tengo una propuesta que hacerle, a usted y a toda su plantilla... Incluida mi hija.

Los dos le miramos, perplejos, no sé si esto es bueno o malo pero se complica mi relación con la pelirroja por momentos.

—¿Está seguro?

—Muy seguro. Sentémonos en su despacho y dialoguemos los términos los tres como personas civilizadas.

—Por supuesto.

Nos sentamos los tres en mi despacho, esto es una verdadera locura. No sé si realmente estoy haciendo bien, lo que sí tengo claro es que no voy a renunciar a ella, me cueste lo que me cueste.

Capítulo 35

Al quedarme a solas con mi padre, solo recibo elogios. Hablamos un poco de la vida en Sevilla, de mi madre, de este trabajo y de lo que me sucedió con el envenenamiento. Mi padre está aún bastante asombrado. Después de un rato me pregunta qué he pensado hacer en el futuro y en ese momento le confieso que por primera vez en toda mi vida no tengo un plan B, por primera vez no sé que voy a hacer después de que todo esto termine. Él me dice que no me preocupe, piensan contratar de nuevo los servicios de la empresa de Don Perfecto.

—Hablas de tu jefe como si tuvierais algo más…, ¿te gusta? —me pregunta con una mirada pícara.

—Papá… —le regaño.

—Vamos, Berta. Es un hombre atractivo. No me gustan los líos de oficina, si ha ocurrido algo…, tampoco lo vería mal. Eres joven…

Agacho la cabeza, avergonzada. Tiene razón es horrible tener un *affaire* con tu jefe.

—Lo siento…, cometí un error. Después del envenenamiento, su madre me invitó a comer y todo pasó muy deprisa… Salimos a tomar algo y…

—Berta, hija, lo importante es lo que sientes por él. ¿Te gusta?

Qué pregunta más difícil. Trabajar a su lado, lo que me hace sentir cuando me toca…

¿Eso bastaría?

—Creo que sí… Pero, papá, ¿qué voy a hacer?

—Hija, tú y nadie más que tú tienes que decidir.

—No lo sé…

Tras tomar un café con él, me lleva de regreso y cuando pasamos por delante de la oficina de Rubén, vemos que está recogiendo todas las cosas. Nos explica que se marcha y mi corazón da un vuelco al escucharle.

¿Se va? ¿Por qué?

Es entonces cuando mi padre tiene una propuesta que hacernos. Su padre no quiere trabajar con nosotros y es mi padre quien quiere hacerlo ¡Esto es de locos!

—Señor Torres, sigo pensando que su trabajo era muy bueno; eso sí, ahora soy yo quien pone las condiciones… —dice mi padre cuando nos sentamos a hablar del futuro.

—Por supuesto, expóngalas —acepta Don Perfecto.

—Quiero a mi hija como jefa del proyecto.

¡Viva el enchufismo!

—¡Eso sí que no! —digo yo.

—Hija, eres buena. Lo has demostrado.

—Sí, pero soy la nueva. Me niego.

—No es negociable…

Las negociaciones van avanzando y siento que al final van a decidirlo todo ellos dos solos. ¿Qué pinto yo ahí entonces? De eso nada, si todo el mundo pone condiciones aquí, yo también voy a meter la cuchara.

—Yo tengo alguna condición —intervengo—. Quiero una máquina de café y un buffet más variado. También alguna salida del personal los fines de semana.

—Me parece bien —comenta Don Perfecto.

Yo arqueo las cejas sorprendida y él sonríe.

—Una última cosa más —añade Rubén—. Yo quiero ser sincero con usted, Don Manuel. Me gusta su hija, mucho. Sé que no está bien que dos trabajadores compartan una relación. Sin embargo, me gustaría pedirle que me diera una oportunidad, si ella quiere… Prometo que no interferirá para nada en nuestro trabajo.

Mi padre sonríe y yo me quedo perpleja ante esa afirmación. No me la esperaba para nada.

—Es usted un hombre valiente y sincero, eso me gusta. No me opondré para nada en esa petición, aunque ya no depende de mí, sino de ella… Ahora os dejo solos, tendréis mucho de lo que hablar.

Mi padre se despide de mí y me deja a solas con Don Perfecto. De pronto, el aire me parece más denso y empiezo a ponerme nerviosa.

—¿Qué opinas de todo esto? —me plantea, mirándome con intensidad.

—Bueno… Una nueva aventura, sin duda —respondo con una sonrisa débil.

—¿Te apetece vivirla a mi lado?

Voy a pensármelo, pero de pronto me doy cuenta de que no tengo nada que pensar.

—Lo voy a hacer —confieso con determinación—. Soy tu jefa de proyecto, ya has oído a mi padre, al final no es negociable.

—Me refiero a que si me darás una oportunidad, Berta.

—No lo sé, aún no conozco al nuevo jefe.

—Creo que al menos en las negociaciones te he demostrado que soy un poco mejor y que parece que estoy cambiando, ¿no?

—Veremos si te has quitado el palo de culo… —le suelto con una risilla.

—Sí, lo he hecho —asegura.

Ambos estallamos en carcajadas. Y nos centramos en organizar al personal para hacer los cambios oportunos y notificar que la dirección de la empresa pasará a ser de otros jefes.

Es increíble cómo un día te levantas y tu vida cambia sin darte cuenta. Hace tres meses yo jugaba a la lotería para pagar mis facturas y al final me tocó él. Un tipo raro y estirado pero encantador, que me cambió la vida. Aunque al principio le odié, al final acabé enamorándome de él. Supongo que al final hay que jugársela en la vida, pues nunca sabes cuándo aparecerá tu premio gordo.

Han transcurrido varios meses, meses en los que han pasado muchas cosas. Detuvieron a Mara en Puerto Rico y está pendiente de juicio por intento de asesinato. Meses de estrés con mi familia por lo acontecido en la empresa, de no hablarme con mi padre.

Al final mi madre intercedió por mí y parece que al menos las reuniones familiares son menos tirantes. Las comidas de los sábados junto a mi pelirroja y la familia ya no son tan desagradables. Sí, ahora estamos juntos y aunque mi pelirroja y yo —aun sigo llamándola así, no me acostumbro a hacerlo de otra manera—, seguimos teniendo nuestros más y nuestros menos en el trabajo, fuera de él parecemos compenetrarnos de otra forma.

No comenzamos a salir de inmediato. Nos dimos unas semanas hasta que pusimos en marcha todo el proyecto. Me mataban las ganas de estar con ella, no voy a negarlo, no obstante, fue la mejor opción porque como todo el mundo sabe, cuando algo se coge con ganas, siempre sabe mucho mejor.

«Como los donuts de chocolate», pienso.

Sí, ella sigue desayunando cada día un donut y capuchino. Ha vuelto a su rutina, no la culpo, todo el mundo tiene sus vicios y al menos hace ejercicio diario para quemar las calorías. También hay una máquina de café con todas las variedades que uno se pueda imaginar y, qué demonios, de vez en cuando me permito el lujo de tomar alguno que otro, sin excederme con la cafeína que me pone un poco atacado de los nervios.

Los trabajadores están muy contentos con los cambios, en el menú y en las rutinas. Se contrató a más personal, entre ellos a una mujer llamada Carola, que enseguida congenió con Berta y con Alan. Carola es decidida, bastante entrometida y muy golosa también. Se parece en muchos sentidos a mi pelirroja, aunque no es tan perfecta como ella y es bastante menos deslenguada, eso está mejor, no hubiera podido aguantar otra igual.

Otro de los que se incorporaron es Dustin, un americano que trabajaba para el padre de la pelirroja en Sevilla. Y no sé por qué me da que Alan y él se entienden de maravilla, pero mi querido amigo no suelta prenda y la pelirroja, cuando le pregunto, tampoco me dice nada. Vamos, que ambos se han vuelto uña y carne en temas amorosos y a mí me mantienen al margen. No es que me importe, solo quiero que mi amigo sea feliz. Tengo que admitir que un poco sí me molesta ver que al final me quedo solo cuando tengo problemas amorosos.

—¿En qué piensas? —me pregunta la pelirroja.

—En ti —le miento piadosamente.

—No seas mal bicho. No siempre piensas en mí —le rebato con una sonrisilla maligna.

—Está bien..., ¿sabes que me lo has robado todo?

—Quién, ¿yo? —plantea, con esa cara de inocente aunque a la vez de chica mala que me vuelve loco.

—Sí, tú, pelirroja.

—Si te he robado todo, cosa que no es cierta, es porque has sido un pijo estirado, que quede claro —me responde con aires de ganadora.

No puedo rebatirle nada. Cuando nos conocimos la juzgué y después no hubo más que problemas y disputas... Tiene razón, me comportaba intentando ser lo que no soy, ahora eso ha cambiado.

—Puede, pero me has robado a mi mejor amigo...

—No te equivoques, Don Perfecto... —me dice sabiendo que no me gusta nada—, tu amigo no te ha abandonado por mí, lo que pasa es que ahora tienes que compartirlo conmigo porque soy la mejor amiga del mundo.

Sabe lo mucho que me fastidia eso, al final siempre estamos igual, con un tira y afloja que termina enredados en las sábanas de mi chalé y haciendo el amor.

—¿Eres la mejor? Sí, ya. Eres una pelirroja estúpida que me derramó café encima con un solo propósito...

—Ah, ¿sí? ¿Cuál? —replica con ironía.

—Quedarte con el tío buenorro de la camisa de Armani. O robarme las fórmulas, aún no lo tengo claro.

—¡Ja! Yo solo quería que me tocara la lotería.

—¿Y te toqué yo?

—Sí, me conformé con el premio de consolación, qué le vamos a hacer.

Suelto una carcajada.

—Creo que al final saliste ganando... La lotería solo vuelve a la gente loca si no sabe administrar ese dinero, en cambio yo desperté a la mujer lista, inteligente y maravillosa que habitaba en ti. Te di un trabajo y un futuro.

Ella se ríe también.

—Tienes razón, me tocó el premio gordo, sin duda.

Nos miramos, sonrientes. Sí, creo que para ambos fue lo mejor. Nunca he pensado qué haría si me tocara la lotería, sé que debe ser una maravilla contar con una cantidad de dinero tan impresionante, pero en la vida hay cosas más importantes que el dinero y yo me siento afortunado de tener a mi pelirroja conmigo, un amigo leal y un trabajo que me gusta junto a ella.

¿Qué más se puede pedir? Por mi parte, nada más.

FIN

Agradecimientos

Siempre había tenido un sueño y era escribir un libro. Animada por algunas amigas, me lancé y aquí estoy, escribiendo los agradecimientos. Nunca me habría arriesgado a publicarlo si no hubiera sido por mi amiga Pili, quien me motivó para intentar esta aventura y me presentó a una escritora compañera suya. Después, esa escritora me guio y me dio algunas pautas muy útiles, además de presentarme a una correctora y a una ilustradora para la portada. Todo ello ha dado como fruto esta novela, y estoy feliz porque sin toda esa gente que me ha ayudado, inspirado y animado, nunca hubiera podido terminar esta comedia que me ha hecho disfrutar de tantos buenos ratos.

Quiero dar las gracias a mis amigas locas, que también me apoyaron en esta aventura desde el principio y saben que hacemos un buen equipo porque yo soy la más loca de todas. Pero era mi sueño, y aunque esta historia no llegue a nada, al menos he cumplido mi objetivo: escribir y publicar mi libro. Así que gracias, amigas, por ayudarme y apoyarme.

A mi familia, que también me ha apoyado en todo desde el principio, gracias por todo lo que habéis sacrificado por mí.

No me enrollo más porque podría estar horas y horas dando las gracias a todos.
¡Muchas de gracias!